L’élu

Catherine Perreault

L'élu

roman

Philippe Rey

www.philippe-rey.fr

À Eliott, l'unique

« S'il fallait qu'un jour
la vie t'arrache à moi
qui consolerait mes peines
où trouverais-je la joie ?
S'il fallait qu'un jour
tu t'en ailles loin de moi
qui guiderait mes pas
moi qui n'aime que toi »
Marjo – Jean Millaire, *S'il fallait*

« Mon âme a mille ans
Je n'ai pas d'âge
Je meurs d'avoir vécu »
Joséphine Bacon, *Un thé dans la toundra*

Première partie

Elle vacille. Les secousses dans son ventre annoncent le début d'un voyage douloureux. Elle sait que s'amorce la phase la plus longue du travail. À chaque contraction, elle sent la panique se glisser dans son corps et son esprit.

Quand je pense que tu ne connaîtras jamais le grand amour, que ta bouche parfaite n'embrassera jamais, que jamais une version miniature de toi ne verra le jour, je ne sais plus par quel deuil commencer.

Ce jour-là. Il n'a pas dormi depuis trente-six heures. Ce n'est pas dans ses habitudes. Cela fait deux nuits qu'elle l'entend, via le moniteur, faire des bruits bizarres avec sa bouche ; qu'elle dort seulement d'un œil parce qu'elle sait qu'il est réveillé et que quelque chose cloche. Comme toutes les fois où une situation l'angoisse, elle a demandé à son amoureuse de la laisser seule.

Cinq heures du matin. Elle se lève et allume en urgence la cafetière. Huit tasses. Elle en a besoin. Elle se dirige ensuite vers la chambre de son fils et ouvre la porte doucement. Il est assis au bout de son lit défait et, lorsqu'il tourne la tête vers elle, elle perçoit tout de suite son mal-être. Il a les yeux creux, le teint pâle et se met à crier en l'apercevant. Elle s'approche, lui parle doucement, essaie de le convaincre d'un changement de couche. Il la repousse, s'étend sur le dos et la frappe avec ses pieds. Elle élève le ton pour s'adresser à lui, ses gestes deviennent brusques. Elle baisse le pantalon de pyjama de son fils et le retourne sur le côté en maintenant ses genoux ensemble pour l'empêcher de la frapper. Elle lui lave les fesses en criant plus fort que lui. Elle est tellement fatiguée.

Elle retourne au salon en s'assurant de se prendre un café au passage. Lui, il pleure, crie et l'intensité de ses comportements agressifs augmente. Rien ne l'apaise. Ni les Schtroumpfs à la télévision, ni la musique instrumentale, ni ses jouets sensoriels, ni les caresses de sa mère. Vers onze heures, il commence à s'automutiler de la même manière que d'habitude. Elle tente de le rassurer, mais le son de sa voix ne fait qu'amplifier sa détresse.

Il frotte son avant-bras sur ses cheveux de plus en plus fort et elle voit du sang qui coule le long de ses poignets et sur son chandail. Elle a chaud. Elle ne sait pas quoi faire pour le convaincre d'arrêter. Elle lève encore le ton pour lui demander d'arrêter. Il la regarde directement dans les yeux et, pendant un instant, elle a l'impression qu'il ne la voit pas. Il mord ses bras et tire sur sa peau avec ses dents. Il n'a jamais fait cela auparavant. Pour la première fois, elle a peur de lui, de ce qu'il s'apprête à faire. Pour la première fois, elle est convaincue qu'elle ne pourra pas l'aider.

Elle appelle le père de son fils. Elle sait qu'elle n'y arrivera pas seule.

– Viens m'aider, j'ai peur pour lui.

En attendant du renfort, elle essaie de l'empêcher de se faire mal davantage. Elle s'assoit sur lui alors qu'il est couché par terre. Elle tente de le maintenir au sol en mettant une pression sur ses bras pour éviter qu'il se morde encore. Il hurle, se débat. Il y a du sang partout sur le plancher, sur elle, sur lui. Elle a tellement chaud qu'une goutte de sueur tombe de son front sur celui de son fils, entre deux mèches de cheveux blonds.

– Calme-toi, mon amour. Tu dois te calmer. Maman est là. Je veux seulement t'aider.

Le père de l'enfant arrive, prend la relève. Il le maintient difficilement au sol et, lorsqu'il tente de lui laisser un peu d'air et de s'éloigner, son enfant le charge pour lui faire mal. Elle n'a jamais vu un si petit corps se démener avec autant de force pour leur faire comprendre que ça ne va plus du tout. Elle se dit que, s'ils ne font rien pour lui, il pourrait mourir, aujourd'hui.

Elle appelle l'ambulance.

– Bonjour. Mon fils de treize ans s'automutile depuis une heure. Il a besoin d'être hospitalisé. Pouvez-vous m'envoyer une ambulance ?

– Êtes-vous en sécurité ? Avez-vous peur pour votre propre vie ?

Elle n'a jamais eu aussi peur. Elle voit bien qu'ils perdent pied. Mais elle répond à la répartitrice que sa sécurité est assurée, que c'est pour lui qu'il faut envoyer de l'aide. La dame la garde en ligne, lui demande son adresse, ce qui s'est passé avant qu'il se désorganise. Le père maintient leur fils au sol tout ce temps, impatient que l'aide arrive.

On frappe à la porte. Deux policiers entrent chez elle. Ils voient l'homme accroupi sur la poitrine d'un enfant ensanglanté qui tente de mordre celui qui le plaque au sol.

– Lâchez-le, monsieur !

Elle leur dit la même chose qu'à la dame au téléphone, mais depuis longtemps elle a cessé de se battre pour faire comprendre l'incompréhensible. Elle a cessé d'essayer d'expliquer et de convaincre parce que les gens, si bienveillants soient-ils, ont constamment besoin de preuves. Elle supplie du regard le père de l'enfant et celui-ci relâche tout de suite les petits poignets, avant de reculer de quelques pas.

Le garçon s'agrippe alors à la jambe du policier qui est près de lui et lui mord le genou. L'homme tente de se dégager. Cela lui semble pénible, non à cause de la douleur provoquée par la morsure, mais à cause de la détresse de l'enfant. Jamais il n'a vu un jeune garçon d'à peine treize ans se blesser et détruire ce qui l'entoure pour communiquer son désespoir. Le policier, bien qu'embarrassé, le retourne fermement sur le ventre et place son genou sur son dos, entre ses omoplates. Il ne le fait pas avec violence, mais pour le maîtriser. Elle est convaincue à cet instant que plus jamais cette image de son unique et précieux fils, plaqué au sol par un policier, ne la quittera. Elle se couche à côté de lui, sa joue sur le sol froid. Elle essaie d'accrocher son regard, n'y arrive pas. Elle n'arrête jamais de lui parler.

– Calme-toi, mon amour. Tu dois te calmer. Je t'aime.

Le second policier lui demande si elle a une robe de chambre. Il propose de glisser son fils à l'intérieur du vêtement pour ensuite nouer les manches. Une camisole de force aux odeurs maternelles. Elle choisit la plus douce, en polar bleu, dans l'espoir que la texture l'apaise. Pendant ce temps, le policier appelle les urgences et prévient l'équipe médicale qu'ils arrivent avec un enfant.

Elle le voit quitter la maison, saucissonné dans sa robe de chambre, entre les mains de son père et de deux policiers. Ils lui demandent de les suivre en voiture. Elle enfile ses bottes sans mettre de bas, pense à emporter son portefeuille et son cellulaire et s'empresse de démarrer pour ne pas les perdre de vue. Elle a l'impression de rouler dans le brouillard, ne voit pas les gens qui promènent leur chien sur les trottoirs ni les maisons qui défilent. Elle ne ressent pas le froid de cette journée d'octobre. Elle a l'impression que quelqu'un d'autre conduit la voiture.

Elle se stationne dans un emplacement pour personnes handicapées, place sa vignette sur le rétroviseur et court vers la salle d'urgence. Elle prend un numéro et entend au même moment que l'on appelle le quarante-cinq. Il est inscrit quarante-sept sur son ticket. Elle tente de négocier avec l'infirmière au triage, lui explique que son fils est quelque part entre ces murs. On lui demande d'attendre son tour et cela lui fait l'effet d'un coup de poignard en plein cœur. Elle s'assoit en pleurant sur la première chaise qu'elle aperçoit.

Quarante-sept. Elle entre dans le bureau de l'infirmière et, au même moment, l'un des policiers entre par une autre porte, lui demande de le suivre et l'amène vers son fils.

Le garçon est seul dans une pièce fermée qu'elle imagine étroite et sans fenêtre. Elle entend ses pleurs et ses cris. Elle veut ouvrir la porte, mais ses mains moites glissent sur la poignée. Un policier pose doucement sa main sur la sienne.

– Attendez le médecin, c'est pas une bonne idée d'aller le voir dans cet état.

L'urgentologue arrive. C'est le père d'une de ses élèves. Il la reconnaît tout de suite et dit *Madame Isabelle!* avec de l'étonnement dans la voix. Il lui demande doucement ce qui s'est passé. Elle entend, comme venant de loin, les mots qui sortent de sa propre bouche. Elle ne reconnaît pas sa voix. Les pleurs et les cris de l'autre côté du mur prennent toute la place. L'urgentologue ouvre la porte et voit l'enfant, recroquevillé sur le plancher, ensanglanté et les cheveux en coton à force de frottements. Il referme la porte et demande qu'on l'hospitalise immédiatement en pédiatrie.

– Je vais appeler son médecin. Nous allons nous occuper de lui quelques jours. Tu pourras dormir dans sa chambre.

Les policiers, le père de l'enfant et une infirmière arrivent à positionner le garçon sur une civière. Ils quittent la minuscule pièce en faisant rouler le lit. Elle les suit dans les corridors, tente à nouveau d'obtenir un contact visuel avec son unique, son trésor. La chair de sa chair. Elle n'y arrive pas. Ils prennent l'ascenseur jusqu'au deuxième étage, entrent dans une chambre étroite et surchauffée. Elle leur demande de partir. Ils s'exécutent, la laissant seule avec lui. Enfin.

Ils se fixent. Son enfant la fait penser à un chiot terrifié, prêt à mordre pour sauver sa peau. Elle tente un rapprochement. Il crie et recommence à se faire mal. Elle recule de trois pas, d'une voix étranglée lui demande d'arrêter. Elle s'entend prononcer les mots *tu me fais peur* et pour la centième fois aujourd'hui *je t'aime*. Tout ce qu'elle dit ne fait qu'amplifier la colère de l'enfant. Il hurle, sort de son lit et se dirige vers elle pour l'agresser. Elle se résigne à sortir de la chambre. Il tente de la suivre dans le corridor. Sa détresse est immense; elle pense qu'il ne la reconnaît pas. Elle l'empêche d'ouvrir la porte en tirant de toutes ses forces sur la poignée. Elle ne contient plus ses larmes ni les cris qui sortent de sa bouche. Elle regarde par la petite fenêtre de la porte et voit du sang, tellement de sang. Elle voit son fils qui semble vouloir mourir tant il souffre. Trois infirmières arrivent en renfort. Deux d'entre elles prennent le relais et maintiennent la porte fermée tandis que l'autre la prend par les épaules et l'amène dans le petit salon dédié aux parents. L'infirmière ne dit rien et lui flatte le dos pendant le déluge.

L'enfant retourne dans son lit et se cache sous ces couvertures froides et minces que l'on retrouve dans toutes les chambres d'hôpital. Elle quitte le salon et se place près de l'embrasure de la porte, sans qu'il puisse la voir. Ses gémissements ne cessent pas. Sa médecin arrive, accompagnée d'autres spécialistes. Elle entend les mots *calmant*, *psychose toxique*, *adolescence*, *ponction lombaire*. Elle croit comprendre qu'ils seront ici plusieurs jours, qu'il faut trouver la cause. Dès le lendemain, il y aura des injections, des tests de toutes sortes, des essais et erreurs. Elle retourne dans le petit salon pour y passer la nuit, pour ne pas créer une plus grande désorganisation chez son fils qui semble ne plus la tolérer.

Elle ne dort pas vraiment, somnole quelques minutes et se réveille en sursaut. Elle a envie de se brosser les dents et de changer de sous-vêtements, qu'elle a évidemment oublié de prendre en quittant la maison. Elle appelle ses parents et raconte en cherchant son souffle, découd le fil des événements au fur et à mesure qu'ils lui retraversent le corps. Ils viendront demain, lui apporteront tout ce qui manque, sauf la tranquillité d'esprit et la solution pour se sortir de ce cauchemar. Elle allume la télévision, change frénétiquement de poste, puis voit les tremblements de ses mains. Elle s'arrête sur une chaîne culinaire et fixe sans les voir des images de desserts manqués et de recettes exotiques jusqu'à ce que le soleil se pointe par la fenêtre.

On dépose près de la chambre deux déjeuners : des toasts avec de la margarine, un gruau et du café fade sans lait. Elle demande à l'infirmière de lui donner les médicaments de son fils, pour qu'il les prenne en déjeunant, comme à l'habitude. Celle-ci refuse, expliquant que les médecins ont décidé d'arrêter la médication pour comprendre ce qui le met dans cet état. Il faut repartir de zéro. Elle réalise alors que son fils, en plus de vivre ce malaise qu'elle ne saisit pas, entrera en désintoxication.

Elle tente de le faire manger. Il avale deux bouchées et recommence à se mutiler. Elle ressort de la chambre. Elle voit ses parents au bout du corridor, les mains pleines de sacs de vêtements, de nourriture et de jouets, le regard affolé et le pas pressé. Elle éclate une fois de plus en sanglots et, lorsqu'ils la prennent dans leurs bras, leurs larmes se mélangent en silence.

Une femme arrive. Elle est neurologue. Elle explique qu'elle tentera de déterminer, dans un premier temps, si l'enfant est atteint d'un virus qui provoquerait une encéphalite et qui expliquerait son état inquiétant. Une inflammation du cerveau peut provoquer des comportements inhabituels. Il faut lui insérer une aiguille dans le dos et prélever un liquide.

– C'est impossible ! la mère s'entend-elle crier.

– Il faut le maintenir. Ou lui donner plus de calmants. Ou l'attacher à son lit.

Il faut.

Plusieurs infirmières tentent de maintenir l'enfant dans une position sécuritaire, le front près des genoux, pour que la neurologue insère l'aiguille dans le petit dos. Il se débat avec la force d'un fauve. Il tente de mordre les bras autour de lui, de frapper des pieds ces adultes qui l'attaquent. Son corps est la seule arme qu'il possède.

– C'est impossible ! s'exclame la neurologue en regardant la mère. Il faut lui donner une dose supplémentaire de Statex.

Il faut.

On lui injecte dans la cuisse une dose de ce narcotique contre la douleur qui provoque de la somnolence. Tout le monde croise les doigts. Ils attendent quelques minutes, puis replacent l'enfant dans la position de la lettre C. Il se débat aussi fort, semble combattre l'effet du médicament.

– C'est impossible ! répète la neurologue, cette fois en regardant par terre. Il faut l'attacher à son lit.

Il faut.

Des sangles partout. Des bouts de tissu rigide dans son dos et son cou qui lui serpentent les membres et qui le maintiennent en croix, sur le ventre, dans son lit. La mère s'approche doucement de sa tête, lui murmure un autre *je t'aime* rempli de désolation, de peur et de souffrance. Elle lui caresse les cheveux et lui dit que ce sera rapide. Il semble délirer, bouge la tête avec vigueur, la seule partie de son corps encore libre. Alors que la neurologue insère l'aiguille, la mère ferme les yeux et retient son souffle.

– Vite, détachez-le, ordonne-t-elle lorsque la ponction est terminée.

Une fois libéré de ses liens, l'enfant semble plus calme. Le Statex doit également y être pour quelque chose. Il pleure, agité de soubresauts, recroquevillé dans son lit. Elle mourrait sur-le-champ si ça pouvait le sortir de cet enfer. Mais il n'y a pas d'issue, pas d'échappatoire ; la mort serait le pire des abandons. Alors, sans le toucher, elle ouvre le sac apporté par ses parents, dépose sur lui son doudou favori et, tout autour, les serpentins qui généralement lui changent les idées. Il prend sa couverture et se cache dessous.

Ils seront à l'hôpital plusieurs jours encore. Elle ignore comment elle y survivra. Elle s'adosse à la porte de la chambre et s'assoit par terre en fermant les yeux. Pour la première fois depuis plusieurs heures, il tolère qu'elle soit dans la même pièce que lui.

J'ai l'impression qu'une plaie béante a pris place entre mes seins. Une faille qui me déchire en deux et dans laquelle je m'entends pulser. Elle s'exhibe aux yeux de tous dans chaque moment qui, auparavant, me semblait anodin. Elle suinte lorsque je paie mes achats au dépanneur, lorsque je croise quelqu'un sur le trottoir, lorsque j'achète des analgésiques et du papier toilette à la pharmacie. Je saigne devant tout le monde, sans pudeur et sans être capable de faire autrement. Il m'arrive même de m'effondrer devant une connaissance lointaine qui me demande des nouvelles. Je ne sais pas comment éviter les malaises. Je ne sais pas comment souffrir en public.

Je me demande s'il est possible de faire déborder notre réservoir de douleur. Il se passe quoi, quand la limite est atteinte et que ça s'échappe de partout, quand on a les yeux qui éclatent et le cœur qui s'écrase ? On fait comment pour vivre dans un tourment perpétuel, sans solution ?

Tu n'es pas mort, mon fils. Je m'excuse de te lancer ça comme ça, mais depuis le début de notre tsunami, je pense que ta mort ferait moins souffrir que ce qu'on vit actuellement. Quel parent peut survivre au départ de son enfant de tout juste treize ans ? Qui peut survivre aux images de sang sur les murs, de cheveux arrachés, de morsures jusqu'à l'os ? Comment je fais pour accepter mon impuissance devant ta détresse ? Comment accepter que tu dormes, te laves, respires dans un autre endroit que celui que j'ai choisi pour nous ? Auras-tu soif, froid, mal sans que personne t'aide ? Je me croyais irremplaçable alors qu'aujourd'hui des femmes dont j'ignore le prénom me succèdent, touchent ta peau, s'occupent de ton corps. Ces femmes me dérobent le seul privilège obtenu par ta naissance : celui d'être la meilleure pour prendre soin de toi.

Ton autisme finira par nous tuer tous les deux.

Il est assis dans la salle à manger, devant la porte vitrée qui donne sur la cour arrière. C'est samedi, leur journée favorite parce qu'ils la passent dans un environnement parfaitement contrôlé, sans bruits indésirables, sans vêtements serrés, sans autre impératif que de s'aimer en prenant leur temps. Un faisceau de lumière entre par la fenêtre et l'illumine. Le roi dans la pièce. Elle prend une gorgée de café au lait et l'observe discrètement. Elle est fascinée par ses mains qui virevoltent dans les airs et la joie que cette activité lui procure. Ses mouvements font lever la poussière et il observe les particules suspendues dans le rayon de soleil. Avant lui, elle n'avait jamais remarqué le détail des choses, l'infiniment petit, le subtil. Avant lui, tout lui semblait grossièrement évident. Il est heureux dans les fragments d'un tout. Il danse avec la poussière.

Je dois m'emplir la tête, diriger mes pensées vers autre chose, m'occuper l'esprit de toutes les manières possibles pour cesser de te voir partout. Marcher en périphérie de notre quartier plusieurs fois par jour ne suffit pas. J'entends ton rire dans la cour de l'école au coin de la rue, je crois percevoir l'odeur sucrée de ton cou lorsque le vent froid de novembre me fouette le visage. Tu es parti. Ton absence se répand dans toutes les directions. Je prends mon cellulaire dans la poche de mon manteau et ouvre l'application qui me permet de me défouler en tuant des zombies virtuels. Je traverse le stationnement du centre d'achat en direction de notre maison. Tes premiers pas. Ta petite main dans la mienne. Je tourne à droite sur la 17e Rue et je vois un rassemblement de morts-vivants près d'un buisson. Je les bute les uns après les autres en leur tirant une balle au milieu du front. Tes jambes graciles dans la lumière. Tes doigts de pianiste. Je poursuis ma route, les yeux rivés sur mon jeu débile. J'essaie de soulager la douleur en faisant éclater des têtes, des corps. Je me concentre sur les explosions de viscères, sur les hordes de marcheurs à décimer, sur leurs visages amaigris et leurs regards vides. Tes yeux affolés qui m'implorent de t'aider. Ne pas penser, ne pas ressentir.

Voir du sang qui ne t'appartient pas.

Elle est attendue au bout du couloir. Elle quitte la chambre d'hôpital et se dirige, le plus lentement possible, vers ce qu'elle redoute depuis toujours. Elle réprime son envie de rebrousser chemin et de courir pour aller le rejoindre dans sa cabane de couvertures douces. Elle entre dans la petite pièce sombre, celle destinée à recevoir des parents pour leur annoncer une mauvaise nouvelle. Ils sont tous là, les professionnels de santé qu'elle côtoie depuis la naissance de son fils, et l'attendent dans un silence macabre. Cela fait maintenant onze jours que son enfant est hospitalisé. Il a perdu beaucoup de poids, de cheveux et de sang. Elle a perdu beaucoup d'appétit, d'heures de sommeil et d'espoir. Elle est exténuée. Elle est dévastée. Elle sait déjà ce qu'ils vont lui annoncer et elle ne veut pas l'entendre. Elle passe la porte et s'effondre avant d'arriver à la chaise qui lui est destinée. Sa médecin se lève, la prend dans ses bras et pleure avec elle. Elles pleurent longtemps. Personne ne les brusque.

Elle s'assoit dans un silence opaque. Le temps tourne à l'infini, sans début ni fin, comme une horloge vierge d'aiguilles et de chiffres. Cette minute où personne n'ose prendre la parole lui apparaît comme une éternité. Une femme qu'elle ne connaît pas beaucoup, mais qui, dans son souvenir, a examiné le petit corps de son garçon, se risque :

– Nous ne pouvons pas te laisser repartir à la maison avec ton fils. Il n'est pas stable, il est blessé et tu es épuisée. Ce serait dangereux que tu le ramènes chez toi.

– Il restera ici combien de jours encore, vous pensez? demande-t-elle.

Ils se regardent tous, fixent un point invisible au centre de la table. Sa médecin dépose la main sur son avant-bras et dit, le plus doucement du monde :

– Il quittera l'hôpital demain matin pour un centre spécialisé, à environ une heure trente d'ici. Ils sauront le soigner mieux que nous tous. L'hôpital n'est pas un milieu de vie pour ton beau garçon. Il n'a aucune chance de retrouver une routine ici et de s'accrocher à de nouveaux repères. Il a besoin de la stabilité d'un milieu prévisible et d'une équipe médicale sur place.

Tous les cris qu'elle voudrait lancer l'étranglent et l'empêchent de bouger. Un milieu de vie. Elle ne veut pas qu'il aille dans un autre milieu de vie que le leur. Un fourmillement intense s'installe dans ses jambes et la sueur perle entre ses seins. De nouveaux repères. Elle a toujours été son seul et unique repère. Elle ouvre et ferme les mains frénétiquement, tente de bouger les orteils, ne ressent plus son corps. Elle est prise de panique, incapable de prononcer un son et sourde aux paroles de réconfort qui viennent en périphérie. Elle voudrait vomir, lancer la chaise sur laquelle elle est assise, s'évanouir. Mourir.

Elle voudrait mourir.

Je gravis les deux étages du centre de services scolaire pour lequel je travaille, mon billet du médecin chiffonné dans la main droite.

Il est inscrit : *Patiente souffrant d'un trouble de l'adaptation. Nécessite huit semaines d'arrêt de travail. Réévaluation ensuite.*

Il n'est pas inscrit : *Patiente souffrant du deuil d'un enfant qui vit encore, mais qui refuse tout contact avec sa mère. Nécessite un miracle. Réévaluation lorsqu'elle se réveillera de ce cauchemar.*

Audrey rase les murs et marche sur la pointe des pieds. Audrey de qui j'étais amoureuse avant que tu quittes la maison. Elle ne sait plus comment s'adresser à moi, comment éponger toutes les larmes qui inondent les pièces dans lesquelles je me trouve. Tu as pris tout ce qui existait en dehors de toi et l'as mis dans tes valises, mon lion. Ma passion pour l'enseignement, mon sommeil, mes cours de yoga, mon intérêt pour la photographie, mon amour pour Audrey. Plus rien n'existe en dehors du souvenir de ton visage parfait et omniprésent, imprimé dans chacun de mes neurones. Plus rien en dehors du mal-être qui te transperce la peau.

J'ai rencontré Audrey il y a deux ans, à l'épicerie, dans la rangée des légumes louches qui baignent dans leur jus. Une jolie fille aux cheveux noirs bouclés qui tentait désespérément d'attraper la dernière canne d'asperges molles sur la tablette du haut en sautant sur place. J'ai tendu le bras pour prendre l'objet convoité et le lui ai remis. Ses doigts se sont refermés sur les miens. Son regard sombre de louve affamée s'est accroché à mes yeux bord de mer.

– Merci. Moi, c'est Audrey.

Je suis partie sans me présenter. C'était la première fois qu'une fille provoquait en moi un genre de béguin. J'ai poursuivi mes courses en tentant de me raisonner, les joues roses et le cœur déréglé. C'est en la recroisant dans l'allée des produits ménagers, alors que je déposais dans mon panier une deuxième bouteille de savon à vaisselle, que je me suis reprise.

– Moi, c'est Isabelle. Tu fais quoi, après ton épicerie ?

Audrey s'est doucement jointe à notre duo en s'adaptant à tes millions de demandes et à mes millions de crises d'anxiété. Je n'ai jamais compris pourquoi elle a choisi de rester. Qui choisit volontairement la violence, l'incertitude et les difficultés d'une vie marginale ? Elle qui n'a pas d'enfant et n'en désire pas. Elle qui semble flotter dans nos vies au gré de tes humeurs et qui s'efface lorsqu'elle ne sait pas comment m'aider. Elle ne devrait pas être amoureuse d'un si mauvais parti.

Lorsque je repense à notre rencontre et à nos débuts, j'ai l'impression que ces souvenirs ne m'appartiennent plus, qu'ils concernent quelqu'un d'autre.

Le sais-tu, Éli, que ça fait des semaines que je fixe le mur de notre salon ? Ma routine quotidienne se résume à me lever, conduire pendant une heure et demie, te voir, te sentir, constater la laideur de ta chambre et les blessures sur tes bras, pleurer, me faire agresser, te dire *je t'aime tant*, manger une frite chez McDo, reprendre le volant pendant une heure et demie, atterrir dans notre salon et fixer le mur peint en noir jusqu'à ce que je me couche. Jour après jour, je reproduis les mêmes gestes avec l'espoir que tu iras mieux demain et termine mes sprints toujours de la même façon : en pleurant et en fixant le mur.

Audrey n'était pas emballée par mon idée de peindre le mur en noir, même si elle n'habite pas avec nous. Elle dit à la blague que le salon est la pièce glauque gothique de notre maison. Personnellement, je trouve que ça fait ressortir toutes les couleurs à proximité. Assombrir volontairement un environnement c'est, en quelque sorte, le préparer pour que l'espoir jaillisse. Donc, je fixe le mur noir en refusant l'invitation d'Audrey d'aller voir un *show* au théâtre de notre quartier. Je fixe le mur noir alors que Sophie, Ève et Jasmine, mes meilleures amies, mes précieuses, boivent du vin nature en mangeant des huîtres dans un chalet loué pour la fin de semaine. Je fixe le mur noir pendant que d'autres adultes s'assurent que tu ne meures pas aujourd'hui. Mais rien ne jaillit, à part l'envie de me fondre dans le décor. Je fixe la seule chose qui me permet d'ancrer mes deux pieds au sol. La seule chose qui m'empêche de franchir la frontière friable me séparant des troubles mentaux, ceux qui finissent généralement en jaquette d'hôpital. Je la vois, de l'autre côté, cette zone où je ne me possède plus et où l'autodestruction devient presque salutaire. Prendre de grandes respirations. Me contrôler. Fixer quelque chose d'inoffensif.

Je suis une loque humaine qui a perdu toute efficacité. Des moutons de poussière et de cheveux roulent sur le plancher, le lave-vaisselle est plein et pue la mort parce que ça fait deux semaines qu'il accueille des assiettes sales ; des cernes roses sont apparus dans la toilette et dans le bain ; mon char ressemble à un dépotoir. Je le vois, le bordel. Et je ne fais rien. Je reste là à fixer le mur et à attendre que l'improbable arrive. Je ne sais même pas ce que j'attends, pour être honnête. Que les médecins me disent que c'était une mauvaise passe, qu'elle est désormais derrière nous ? Que tu t'adresses à moi en riant pour me dire *voyons maman, reviens-en, c'était une blague. Je suis même pas autiste* ? Ce matin, je me suis réveillée avec un point foudroyant dans l'estomac. Je me suis redressée dans mon lit, convaincue que j'allais péter du cœur dans la minute suivante. Des engourdissements se sont propagés le long de mes bras, de mes jambes, et m'ont donné des sueurs froides. J'imagine toujours, dans ces moments-là, que je suis atteinte d'un cancer ou d'une maladie très grave. Je suis à la fois exténuée et en état d'alerte, mon corps est usé. Mon corps est en grève. J'ai l'impression qu'il se permet, pour la première fois en treize ans, de s'en foutre et de se laisser aller à toutes sortes de sensations, bizarres et inattendues. Peut-être que mon corps m'abandonne, lui aussi.

Être le parent d'un enfant comme toi est un gros projet, Éli. Je devrais dire : un projet colossal. Être ta mère, c'est dormir avec un moniteur toutes les nuits depuis plus d'une décennie pour m'assurer de t'entendre si tu pleures, fais un cauchemar, vomis, te lèves. C'est ne manquer de rien, jamais, surtout pas de choses essentielles à ton bonheur, comme de gruau, de craquelins salés ou de bulles pour le bain, ni essentielles à mon bonheur, comme de vin, de shampoing ou de café. C'est ne manquer de rien, jamais, parce que c'est impossible de sortir de la maison quand tu es là. C'est ne manquer de rien, jamais, parce que sinon, tu hurles et te blesses pendant des heures. Être ta mère, c'est anticiper les déplacements en voiture et vivre un stress comparable à celui ressenti lors de catastrophes naturelles, et ce, chaque fois que je t'emmène à l'école, chez le médecin, chez tes grands-parents. Je ne compte plus le nombre de fois où j'ai failli nous tuer en conduisant, malgré les outils sensoriels pour t'apaiser, les pictogrammes, les renforçateurs, les doudous, les implorations pour te calmer. Être ta mère, c'est préparer des repas complexes tous les jours parce que tu as le dédain des lunchs qu'on peut donner à un enfant pour s'en débarrasser. On oublie ça, la pizza, les sandwichs, la poutine ou les hot-dogs. Non, toi, tu préfères le saumon sauce florentine, les involtinis à l'estragon ou le couscous royal sans merguez parce que quand c'est trop épicé, j'en ai pour des jours à soigner ton érythème fessier. Être ta mère, c'est vivre de façon permanente dans une odeur de merde. C'est t'apprendre, depuis treize ans, à utiliser la toilette, sans résultat. C'est changer des couches, jour après jour, en se faisant griffer parce que tu détestes ça, évidemment. Être ta mère, c'est faire tout ça sans jamais entendre *merci* ou *tu es la meilleure maman du monde*, mais être convaincue que t'aimer autant est la seule avenue possible.

Alors je suis là aujourd'hui, inerte, fixant le mur, parce que je ne sais pas comment m'occuper de moi. En fait, il y a une part de moi qui le sait, mais qui n'y arrive pas. Pourquoi perdre mon énergie à laver les planchers si tu n'es plus là pour t'y traîner les fesses ? Pourquoi arranger la cour si je suis la seule à en profiter ?

Pourquoi remplir mon frigo s'il n'y a pas d'urgence de saumon sauce florentine et que je peux me contenter d'une soupe Lipton pour souper ? Je ne sais plus comment faire l'épicerie, de toute façon. L'autre jour, j'y ai passé deux heures pour ressortir de là avec un litre de lait et des bananes. Je déambulais dans les allées et mettais dans mon panier toutes les choses que j'achète depuis les dernières années. En tournant le dernier coin, j'ai vu mon panier, envisagé les deux cents dollars que ça me coûterait, et je me suis rappelé que tu n'étais plus là pour profiter de toute cette nourriture choisie pour toi. J'ai pris les bananes et le lait, laissé mon panier en plan au centre de l'allée des surgelés, payé à la caisse libre-service pour éviter de dire bonjour à une caissière et suis rentrée à la maison. Le lendemain, j'ai pu mettre du lait dans mon café et une banane dans mes céréales au déjeuner. Et au dîner. J'ai décidé de ne pas souper parce que j'étais trop épuisée pour retourner à l'épicerie et que ça impliquait de faire des choix alimentaires différents de ceux auxquels j'étais habituée.

Je dois réapprendre à vivre et je ne sais pas comment m'y prendre.

– On va l'appeler comment, notre gars ? demande-t-elle au père de l'enfant en s'échouant de toute sa rondeur dans le lit conjugal.

– Marcus. Ça sonne gladiateur.

Elle prend le dictionnaire des prénoms qui traîne depuis les dernières semaines sur la table de chevet et lit :

– *Marcus. Celui qui triomphe.*

– Tu vois, je te l'avais dit ! s'excite le père.

– *Il est colérique et nerveux. Il réagit souvent de manière impulsive. Il est fidèle en amitié mais sa sociabilité est incertaine et variable.* Bof, il m'impressionne pas tant, ton gladiateur. Pourquoi pas Jacob ? Écoute : *Celui qui monte le cheval.*

– Ha, ha, ha, ha ! Jacob le galopant. Des plans pour qu'il parte en cavale sans nous avertir. Oublie ça !

– Attends ! Écoute la définition au moins ! *Susceptible, ombrageux et émotif, Jacob prend la fuite dans les situations qu'il trouve difficiles. Son amitié n'est pas toujours très stable car il peut être égocentrique. Ses grandes forces résident dans sa capacité d'analyse et son intelligence supérieure à la moyenne.* Ouin, un écuyer brillant mais pas sortable !

– Il s'arrange pour monter à cheval tout seul, ton Jacob.

L'homme lui prend le dictionnaire des mains et le feuillette en essayant de trouver les prénoms les plus improbables. En riant, il les énumère : Aladin, Coquillage, Innocent, Miracle. Ils sont en larmes, complètement hilares, lorsqu'ils tombent sur Lambada. En reprenant son souffle, elle dit :

– J'aime vraiment Éli. C'est simple, c'est court et c'est beau.

– Je suis d'accord. Mais est-ce qu'on aura droit à une signification chanceuse ?

Elle trouve le prénom dans le livre et glisse doucement son doigt sous les mots qu'elle prononce avec tendresse :

– *Éli signifie l'élu. Il est persévérant, déterminé et sans artifice. Dès l'enfance, on remarque sa fougue et son entêtement. Il adore se donner en spectacle. L'aimer va de soi, même si l'expérience peut s'avérer intense émotionnellement.*

Elle lève les yeux vers son amoureux. Elle voit tout de suite dans son regard qu'ils l'ont trouvé, son prénom.

Il sera l'élu.

Lorsque je roule, tous les jours, et avale les deux cent dix kilomètres qui nous séparent, j'anticipe souvent mon arrivée au centre de réadaptation. Est-ce que ce sera une bonne journée ? Me permettras-tu de t'embrasser le dessus de la tête ou, peut-être, de t'effleurer une cuisse avec ces doigts qui contiennent encore autant d'amour que le jour où tu es sorti de mon corps ? Aurai-je droit à un sourire ou à un coup de pied ?

Je prends le trousseau de clefs que l'on m'a remis le jour de ton arrivée pour débarrer la porte extérieure. Ce jour-là, dans une colère immense, tu m'as obligée à suivre en voiture l'ambulance dans laquelle tu te trouvais. Ce jour où j'ai pensé mourir à chaque kilomètre parcouru, où j'ai cru entendre tes cris à chaque feu rouge. Ici, je dois utiliser des clefs pour aller partout : à la salle de bains, dans ta chambre, dans le couloir qui mène au salon, pour ouvrir ta garde-robe où se trouvent tes pyjamas doux qui me donnent envie de te kidnapper quand tu les portes. Je tourne une clef et m'engage dans le couloir qui mène à toi et qui pue la bouffe d'hôpital. Je tourne une clef et ouvre la porte de l'unité d'encadrement intensif dans laquelle tu passes tes journées. Je tourne une autre clef et, pendant que j'essaie de calmer mes palpitations, mes yeux te voient pour la première fois aujourd'hui. Tu es couché par terre, recroquevillé sur le doudou blanc que je t'ai acheté à ton douzième anniversaire. Une couverture de plus en plus grise parce que tu te prends souvent pour Linus, dans *Charlie Brown*, et traînes avec toi ce bout de tissu partout où tu vas. Tu as un lit, pourtant. Un lit que je déteste parce que le matelas est en plastique, parce qu'il est simple, sans pirouettes possibles, parce que le tien, à la maison, est cent fois plus confortable et qu'il est vide depuis maintenant plus d'un mois. Tu as un lit en plastique que tu boudes en te couchant par terre. Tu me regardes au travers des cheveux qui te tombent sur les yeux. Tu ne souris pas, tu grognes. J'entre et je m'assois loin de toi, pour ne pas te bousculer.

– Bonjour, Éli. Maman s'ennuyait aujourd'hui. Je suis venue te voir.

Dix mots de trop. Dix mots qui te grafignent les oreilles. Tu te redresses d'un bond, ton visage pâlit et tu me charges. Tes mains s'agrippent à mes cheveux, ta bouche s'ouvre sur mes avant-bras. Tu veux me faire mal, me mordre, me dire *va-t'en*, me dire *pourquoi tu me laisses ici*, m'anéantir. J'arrive à me libérer, me lève et recule à l'autre bout de la pièce. Je dis, doucement :

– OK, Éli. Tu es en colère. C'est correct. Tu as le droit.

Aujourd'hui, c'est une journée de merde pour toi, mon lion. Tu pleures un peu, en me regardant dans les yeux. Je pleure aussi et je m'en veux de le faire devant toi. Je m'assois, dos au mur, et cette fois-ci, tu acceptes ma présence. Je remarque tes ongles que l'on n'a pas coupés depuis ton arrivée. Je leur dis, pourtant, de le faire la nuit pendant que tu dors d'un sommeil lourd de médicaments. Mais elles me répondent que tu te réveilles, que tu les agresses, qu'elles doivent le faire à plusieurs et te maintenir pour manier le coupe-ongles. Elles, ce sont tes mères remplaçantes. Tes mères payées, à horaire variable, sans le cordon du cœur branché sur le deux cent vingt.

Je prends un serpentin et le fais virevolter dans l'espoir de te faire plaisir. Tu m'arraches l'objet des mains et vas chercher tout ce qui traîne sur le sol et t'appartient : des ballons, un Slinky, des livres, ton oreiller. Tu mets tout derrière toi, comme un petit écureuil qui cache ses provisions avant l'hiver. Ces objets, c'est le peu qu'il te reste. Tu as perdu tellement de choses en même temps. Ta maison, tes camarades de classe, ta chambre, tes habitudes, tes repères. J'ai l'impression qu'en mettant ces objets derrière ton dos, tu me dis quelque chose comme: *on m'a déjà tout pris. Ça, je le garde.* Si tu savais comment j'ai de la peine en réalisant que ton sentiment de sécurité tient dans quelques babioles achetées chez Dollorama.

Je me lève et quitte ta chambre parce que l'air ne se rend plus à mes poumons, tout à coup. Je ferme la porte derrière moi et tente de retrouver une respiration normale, une respiration qui me permettra d'entrer de nouveau dans ton enclos. Les autres de ton espèce, les autres qui, comme toi, n'arrivent plus à vivre dans leur milieu naturel, sont aussi enfermés dans une cage avec un lit en plastique. Une cage exiguë et froide. L'unique fenêtre de ta chambre ne laisse pas entrer la lumière du jour, mais elle permet aux autres de t'observer, depuis le corridor. Je peux te regarder à travers elle comme je regarderais un animal sauvage lorsque je vais au zoo. Ici, on vous appelle des « clients ». Contre une contribution parentale ou un chèque de bien-être social, des femmes vous lavent les fesses, vous font manger, vous fournissent les médicaments censés vous apaiser.

Mais ici, le client n'a pas toujours raison. Le client n'est pas roi. Même pas toi.

Lorsque j'ai ouvert la porte de la maison ce matin pour aller te rejoindre, j'ai trouvé sur le balcon mes précieuses amies avec, dans les mains, plusieurs boîtes contenant de la nourriture, de l'alcool, des cartes Visa prépayées, des certificats cadeaux pour acheter de l'essence, des trucs de pharmacie, des pensées gentilles là où les mots manquent. Plusieurs cartes signées par des gens qui se sentent bien impuissants devant notre précipice. Ève me lance :

– C'est pas vrai que tu vas t'inquiéter pour autre chose que ton gars. Tu as de la bouffe et de l'alcool là-dedans pour les six prochains mois minimum !

– Ouin. Pour l'alcool, ne te fais pas trop d'attentes ! que je lui réponds.

– Surtout si tu nous invites, me lance Jasmine en riant.

Un tout petit point de suture et un semblant de sourire me sont venus en même temps que la première neige de novembre.

C'est dimanche. Ou peut-être lundi. Ce qui est certain, c'est que je n'irai pas te voir aujourd'hui. Promets-moi, mon lion, de ne pas me le faire payer. Je n'arriverais pas à conduire, j'ai l'impression que l'ensemble de mon corps s'affaisse. La gorge serrée et une boule dans le ventre, je me suis réveillée en ayant le goût de me rendormir sur-le-champ, sans en être capable. Profites-en, toi aussi, pour te reposer et te laisser apprivoiser par celles qui tentent de te soulager, même si tu vois l'ennemi partout ces temps-ci.

Assise par terre devant la table du salon, je bois un café au lait en jouant au Scrabble avec Audrey. Il faut que je nous entretienne. Mon cerveau le sait, mais mon cœur s'en fout, on dirait. Je la massacre toujours à ce jeu-là, mais elle s'entête à vouloir prendre sa revanche. Je devrais la laisser gagner une fois de temps en temps, ça devient malaisant. Je place le mot *jade* sur la planche en combinant la lettre *j* au mot *eux* que j'ai placé le tour précédent. Manœuvre qui me vaut soixante-quatre points. Audrey roule des yeux, soupire et place le mot *vent* sur des cases qui ne valent pas grand-chose. Ces moments où l'on joue à des jeux de société ensemble, sans parler sérieusement, m'étaient précieux auparavant. Tu partais pour ton week-end mensuel chez ton père et Audrey et moi pouvions y passer des heures. S'ouvrir une bouteille de bulles, oublier de se nourrir, se lancer des regards complices, décider de terminer la partie sans vêtements. Ces moments m'ont toujours permis d'apprécier l'instant présent, de sortir de ma tête et du tourbillon incessant de peurs, de remords et de tristesses causés par cette vie que j'aurais voulue autrement.

Audrey se lève et va se faire un deuxième café. Je la vois hésiter, laver le comptoir deux fois plutôt qu'une, faire du surplace. Elle me lance rapidement :

– Hey, je pensais à ça… L'été prochain, on pourrait louer le chalet de ma tante Françoise dans le coin de Ville-Marie. Barbecue, spot à feu, accès au lac, quai flottant. Elle nous ferait un *deal* pas cher. T'en penses quoi ?

La nausée me prend. Envisager les vacances d'été, avec ou sans toi, c'est me demander l'impossible. Noël dans cinq semaines me donne des envies de coma éthylique. J'ai l'impression de survivre, une heure à la fois, et il faudrait que je pense à ce que je ferai dans huit mois ? Peut-être que dans huit mois, tu te seras calmé, mon lion ? Peut-être que tu seras prêt à revenir à la maison ? Peut-être que je serai morte de tristesse, dans huit mois ?

– Je sais pas, Audrey. Pour l'instant, j'envisage à peine ma journée de demain. Et si Éli revient à la maison, ça sera pas le moment de le dépayser dans un nouveau lieu.

– Je comprends, Isabelle, mais je pense que ce serait important qu'on mette pas notre vie complètement sur pause. Il me semble que ça ferait du bien à notre couple d'avoir un projet. Parce qu'au-delà de nos *games* de Scrabble, le temps qu'on passe ensemble commence à être long et malaisant. On dirait que t'as plus rien à me raconter, que tu m'évites.

– Je peux pas croire ce que j'entends. Quel genre de personne égoïste peut dire ce genre de choses à quelqu'un qui sait même plus comment faire l'épicerie ? Passe-moi dessus en char, Audrey, tant qu'à y être !

– Je veux pas qu'on se chicane. Je te demande juste d'y penser.

Je joue mes dernières lettres, place le mot *petit* sur la planche et file vers la salle de bains.

Ouvrir le robinet au maximum et mettre dans la baignoire ce sel d'Epson qui colore l'eau d'un bleu profond. M'immerger entièrement et ne laisser que mon nez et ma bouche hors de l'eau. Disparaître dans la tuyauterie.

Est disparue dans une baignoire de Rouyn-Noranda à l'âge de trente-sept ans, Mme Isabelle Boudreau. Elle laisse dans le deuil pas mal de monde, dont un fils unique qui n'a jamais prononcé les mots je t'aime *en la regardant dans les yeux. Prière de garder vos marques de sympathie pour vous.*

Je veux qu'elle parte. Elle doit absolument le deviner parce que je n'arriverai pas à le lui dire sans la blesser. Je m'en contrefous de ses envies, de ses états d'âme, de ses maudites vacances dans un chalet. Je m'en balance de comment elle se sent, de ses malaises lorsqu'elle s'adresse à moi, de sa propension à toujours penser qu'elle est dérangeante. Tout ce que je veux, c'est un peu de silence et de solitude, m'imprégner du temps qui passe sans toi jusqu'à ton retour. Je ne suis pas capable de la rassurer, de ressentir quoi que ce soit d'autre que cette douleur dans chaque centimètre de ma peau. C'est trop, il n'y a plus de place à l'intérieur de moi pour ça.

Va-t'en, Audrey, avant que je me déteste en plus de tout le reste.

Ouvrir la portière. Faire démarrer la voiture. Appuyer sur *play*.

Dis, quand reviendras-tu?

Dis, au moins le sais-tu?

Noranda. La route 117. La côte Joannès.

Que tout le temps qui passe ne se rattrape guère

Que tout le temps perdu

Ne se rattrape plus

Cadillac. Rivière-Héva. Amos. Toi.

Dis, mais quand reviendras-tu?

Elle a raison, Barbara. Le temps s'évapore. Il me fait regarder derrière alors que tout ce que je voudrais, c'est nous savoir devant. Je ne sais pas si un jour je pourrai pardonner à la chienne de vie de nous enlever toutes ces précieuses minutes que l'on passait à s'étreindre, à se regarder dans les yeux, à essayer de se comprendre. Parce que tu es ce que tu es, je pensais que nous avions toute la vie pour les câlins, les fous rires, les courses sur mon dos. Je pensais que j'étais assez bonne pour que tu ne me quittes jamais. Reviendras-tu, mon fils? Combien d'heures encore à me passer de toi, à m'inquiéter sans être à tes côtés? J'ai peur de ce qui nous attend. J'ai peur de t'avoir perdu pour toujours.

Je vois apparaître au coin de la rue cette grosse bâtisse aux tons de gris, construite dans les années soixante-dix et très peu rénovée depuis. Un immeuble froid qui te dissimule en son centre. Construit en largeur, il me fait penser à une araignée. Dans le ventre de la bête, on retrouve ta chambre, celles de tes colocataires, le salon principal, une salle de bains. Puis, au bout de chacune de ses pattes, on accède à une porte qui s'ouvre sur la cour et qui nous permet de respirer l'air du dehors. Un petit bout d'extérieur clôturé avec du barbelé et cadenassé pour éviter les évasions. Juste à côté, il y a un petit terrain vague où trône un seul arbre, un grand pin, et à la droite de celui-ci, la prison d'Amos. De la fenêtre de ton nouveau salon, je peux voir l'espace vert partagé par les prisonniers. Une haute clôture, plus renforcée et opaque que la vôtre, leur interdit les contacts avec le monde extérieur. La semaine dernière, j'ai vu passer sur Facebook un article paru dans un journal qui annonçait que certaines prisons allaient accueillir des personnes autistes avec une déficience intellectuelle bien qu'elles ne soient pas judiciarisées. Dans les commentaires, sous la publication, un tollé de protestations venant de gens qui veulent bien faire mais ne savent pas : *on ne traite pas des personnes handicapées en criminels, ça pas d'allure, j'ai honte de notre société.* Ce que ces gens ignorent, c'est que je préférerais te savoir dans un lieu qui t'offre une piscine intérieure, un jardin, un gymnase et des volières plutôt que dans le bâtiment qui t'accueille actuellement. J'ai arrêté de compter les trous dans le plafond des salles communes, les salles de bains sans porte, les plinthes arrachées au bas des murs. J'ai fermé les yeux sur la moisissure dans l'unique douche de ton unité, sur l'absence de gazon dans cet espace étroit qui te sert de cour, sur l'absence de fenêtre dans ta chambre qui, lors des jours difficiles, ne te permet pas de t'étendre au soleil. Comment se fait-il que tu n'aies pas accès, au minimum, à ce dont tes voisins criminels bénéficient ?

J'entre dans le centre de réadaptation avec la même nausée que les jours précédents. Je parcours les pattes de l'araignée et, en ouvrant la porte de ta chambre, je vois tout de suite que quelque chose ne va pas. Tu es couché par terre et tu sembles endormi. Dans ton lit, un autre humain, gigantesque, se frotte le visage dans tes couvertures. Un homme d'une quarantaine d'années est échoué comme une baleine dans ton petit lit. Il. Se. Caresse. Avec. Ton. Doudou. Sa déficience intellectuelle semble assez sévère puisqu'un filet de bave coule de sa bouche et que ses yeux noirs fixent le vide. Figée, je regarde la scène et cela prend quelques secondes avant que mon cerveau réalise que tu es là, dans ta chambre, avec un homme cinq fois plus gros que toi, qui n'a pas toute sa tête, qui effraie par sa carrure et son manque d'expression, sans que personne y prête attention. Que s'est-il passé avant mon arrivée? T'a-t-il fait mal? Pourquoi es-tu par terre et lui dans ton lit? Je hurle dans le corridor:

– Voyons ciboire! On a une urgence ici! Venez m'aider!

Deux préposées arrivent en courant. Elles entrent, gênées, mais aucune ne tente de me rassurer. Elles réussissent à lever le mastodonte en lui rappelant qu'il ne doit pas sortir de sa chambre. Les filles te contournent, bras dessus, bras dessous avec le géant, et vont le porter dans la chambre voisine à la tienne. Je suis hors de moi.

– Vous allez m'expliquer ce qu'un homme fait dans le lit de mon enfant sans que personne soit au courant. Il se serait passé quoi, si j'étais pas arrivée? Est-ce qu'il l'a touché? Vous réalisez que juste avec son poids, il aurait pu l'écraser et l'empêcher de respirer?

Elles m'expliquent qu'elles étaient occupées avec d'autres clients. Les laver, les habiller pour les installer devant la clôture au soleil, leur donner une collation. Je les crois, pour observer depuis quelques semaines toutes les tâches qu'elles doivent accomplir en une journée. Mais, comme dans n'importe quel corps de métier, il y a des gens compétents et d'autres qui sont des boulets pour le fonctionnement général des troupes. Des filles sans leadership, qui préfèrent consulter leur cellulaire, assises sur leur cul, plutôt que de donner un coup de main à leurs collègues qui se démènent pour faire manger Rémi, Ginette et Martial, j'en ai vu quelques-unes, aussi. Je leur dis que je désire déposer une plainte mais qu'avant, je vais passer un moment avec toi.

Je m'enferme avec toi dans ta chambre, les yeux pleins d'eau et le cœur en miettes. J'enlève toutes les couvertures de ton lit et les lance dans un coin de la pièce. Je choisis dans ta commode de nouveaux draps et fais de mon mieux pour effacer le passage de cet intrus dans ton intimité. Je m'installe derrière toi, toujours couché en petite boule au sol. Je crois que tu n'as pas eu conscience de ce qui vient de se produire. Parce que tu dors, j'en profite pour lever ton chandail et flatter ton dos. Tu es tout chaud et ce contact, cet accès à toi, me renverse. Je voudrais ce moment éternel, mais au bout de trente minutes, tu ouvres doucement les yeux. Une fois réveillé, tu restes calme, mais refuses mes tentatives de câlins.

Quelqu'un glisse sous la porte le formulaire des plaintes.

Il est un enfant de toutes les saisons. Il s'émerveille de ce qui est naturellement là, de ce qui existe en dehors de l'action humaine. Les gadgets électroniques le laissent froid, il préfère se coucher sous les arbres et regarder les feuilles danser au vent. L'hiver, il enlève ses mitaines et tente d'attraper les flocons qui virevoltent. Les objets susceptibles de le divertir l'ennuient. Il préfère le reflet du soleil qui fait miroiter les vagues sur le lac aux petites voitures qui font du bruit et de la lumière. Il possède les éléments. Ils sont en lui et l'apaisent. Son système sensoriel n'est pas branché comme celui de ceux que l'on appelle les « neurotypiques ». Les bruits de la télévision et des gens qui parlent dans la radio l'agressent. Il recherche les endroits épurés, les endroits auxquels nous n'avons pas ajouté de stimuli inutiles. C'est pourquoi il est si heureux lorsqu'ils atterrissent au chalet de ses grands-parents maternels. Le vent qui chatouille ses cheveux. Les étincelles qui fusent du feu et qui lui en mettent plein la vue. Le sable qu'il prend par poignées pour le laisser couler sur son visage. Le mouvement de l'eau sur sa peau nue, des heures durant.

Elle voudrait arrêter le temps. Elle voudrait vivre ainsi pour toujours, sans travail, sans école, sans autre obligation que d'écouter avec lui le chant des oiseaux qui répondent à ses battements d'ailes.

Il lui enseigne l'importance du moment présent mieux que n'importe quel coach de vie.

J'étouffe. J'enfile mon manteau, mon écharpe rouge en grosse laine, ma tuque et regarde l'heure sur la cuisinière : dix-sept heures. J'ai besoin de sortir de notre maison. Je dévale les escaliers et me mets à déambuler dans la noirceur qui vient tout juste de s'installer. J'espionne mes voisins à travers mes lunettes embuées par le froid. Les rues du quartier puent le bonheur qui précède les rassemblements du temps des fêtes. Le décor est parfait : la neige immaculée scintille, une odeur de feu de foyer flotte dans les airs. Les guirlandes et les sapins me font un show de lumières digne d'Instagram, là où les drames, la tristesse et la misère humaine se cachent derrière des filtres et du *home staging*.

Je me demande si parmi ces voisins aux vies parfaites certains ont, comme moi, pleuré en décorant leur sapin de Noël. Tu devineras que cette période de l'année, sans toi, est d'une douleur innommable. La beauté autour de moi me blesse, mais elle m'impose aussi de nourrir l'espoir de jours meilleurs. Alors j'ai installé des boules disparates dans un arbre mourant en écoutant le vinyle *Elvis' Christmas Album* et j'ai déchaussé une bouteille de vin blanc pour moi toute seule comme une alcoolique qui engourdit des peines trop grandes pour être vécues à sec. Peux-tu croire, mon lion, que je ne verrai pas ton flapping débordant de bonheur devant le sapin illuminé cette année ? J'ai essayé de les convaincre, au centre, d'en installer un pour toi dans le salon commun. Mais il paraît que pour certains de tes camarades, un sapin peut servir à autre chose qu'à décorer une pièce, comme assommer un intervenant qui parle trop fort ou pendre le premier venu avec les extensions de lumières qui clignotent. Ces détails m'entaillent le cœur à petits coups. Ils en ont décoré un, dehors, derrière la fenêtre, derrière les cinq pieds carrés qui te servent de cour, derrière une clôture. Un lointain sapin inaccessible que l'on peut voir en plissant les yeux. Grand merci.

Comment je dois faire ça, passer à travers Noël avec mon envie de me liquéfier et de disparaître dans le trou du bain ? Je traverse la rue Murdoch et atterris devant la maison de mon enfance. Chaque pièce, que je devine derrière les rideaux d'une couleur fade choisis par les nouveaux propriétaires, me ramène aux souvenirs heureux d'un temps des fêtes qui m'est inaccessible depuis ta naissance. Cette maison m'a fait rêver, toute petite, de reproduire un jour ces moments avec un enfant que j'aurais moi-même fabriqué. Mais pour toi, il y a toujours trop de bruits, trop d'odeurs, trop de sensations. Je revois la chambre de mes parents où, pendant le réveillon, les enfants allaient se cacher dans les dizaines de manteaux de fourrure étalés sur le lit. Le salon, emboucané par les Player's Light, alors que mes tantes et mes oncles se déhanchaient sur *Cœur de loup.* Ma chambre et celle de mon frère, dans lesquelles nous étalions nos cadeaux de Noël fraîchement déballés avec une joie immense. Les résolutions éphémères, les odeurs de tourtières, de pâtés au poulet, de sandwichs pas de croûtes au jambon qui me rendaient malade une fois sur deux parce que j'en mangeais trop… Tout me saute dessus en même temps et s'accroche quelque part entre mon cœur et ma gorge qui se serre. Si tu savais comment j'anticipe la nuit du Nouvel An, mon gars. Combien je paierais cher pour disparaître de la surface de la Terre et éviter ce moment précis où, rendu à la fin du décompte, je ne pourrai pas t'embrasser en premier, te regarder dans les yeux en te disant que peu importe la suite, je serai toujours là pour toi.

Je ne sens plus mes cuisses. Je fais demi-tour et me dirige vers la maison, le regard rivé sur mes pieds parce que mes yeux ont suffisamment vu de féerie pour ce que je suis capable d'endurer. Je m'arrête aux boîtes postales pour prendre mon courrier. Un dépliant du Pizza Pizza, une facture d'électricité, puis une lettre du centre de réadaptation qui se dépose dans ma main avec la lourdeur d'une masse en acier, du genre que l'on utilise pour démolir des murs, des fondations. Un outil de frappe déguisé en inoffensif courrier qui me plante là, seule au milieu des décombres laissés par ton exil. Elle m'explique les affaires légales liées à ton placement que je n'ai tellement jamais désiré.

En arrivant à la maison, je remarque la voiture d'Audrey dans la rue. Nous avons toujours préféré habiter chacune de notre côté. Elle dans son appart qui sent les fleurs et l'encens, moi dans notre maison qui sentait, jusqu'à tout récemment, tes repas préférés ou, lorsqu'il était impossible d'ouvrir les fenêtres, tes couches que je devais changer plusieurs fois par jour. Elle a les clefs ; je lui ai toujours permis de s'inviter au gré de ses envies. J'entre. Je ne vais pas arroser les plantes presque mortes ni faire cette brassée de lavage que je remets constamment. Je ne lave pas mes cheveux, ni mon corps, ni aucune pièce de la maison. Tout ce que je désire, c'est m'engourdir. J'enlève mon manteau et mes bottes, et me dirige vers le cellier. Au passage, j'embrasse distraitement Audrey qui se ronge les ongles en regardant une émission culinaire à la télévision. Je m'installe près d'elle sur notre vieux divan sectionnel, avec mon essentiel verre de vin, face à mon mur favori. D'un ton de voix qui ne lui ressemble pas, Audrey me lance :

– Allô, Audrey ! Tu vas bien ? Oui, merci ! Et toi, Isabelle ? Comment s'est passée ta journée ?

– Excuse-moi. J'ai eu besoin de prendre l'air. Tu vas bien ?

Sans répondre, Audrey se lève et se dirige vers la sortie. Je la regarde s'habiller et reste muette. Je n'ai pas le goût de la convaincre de rester. J'ai envie qu'elle disparaisse, qu'elle me laisse seule avec mon projet de regarder le mur qui me fera brailler et de boire de l'alcool. Elle prend son temps pour se vêtir, comme si elle attendait les mots qui la feraient rester, et part en fermant la porte plus fort qu'à l'habitude.

Une enveloppe est posée sur la table.

Il est minuit trente. Cela fait maintenant deux heures qu'elle tente en vain de trouver le sommeil. Elle médite en visualisant quelque chose d'inoffensif comme les flammes d'un feu de foyer ou un lac tranquille, prend de grandes inspirations. Exaspérée, elle repousse les couvertures, se lève mollement. Elle se dirige vers la cuisine et se sert un verre d'eau en évitant de laisser couler le jet dans l'évier métallique pour restreindre les bruits et ainsi, s'assurer de ne pas réveiller fiston.

Elle se dit qu'elle doit dormir.

Ou s'asperger d'huile essentielle de lavande.

Ou prendre ces cachets qui l'assomment trop profondément.

Ou boire plusieurs verres de vin.

Elle doit impérativement dormir.

Elle pense à sa journée du lendemain, à tout ce qu'elle doit accomplir et éviter d'oublier pour maintenir son fils dans cet état de bien-être des derniers jours. Elle pense à ses élèves qu'elle voudrait plus calmes et disponibles aux apprentissages. Elle pense à ce problème de plomberie qu'elle remet constamment à plus tard et à ce maigre compte en banque qui ne lui permet pas d'avoir des problèmes avec la tuyauterie. Elle est tentée par la bouteille de vin sur le comptoir mais boit plutôt quelques gorgées d'eau. Elle se résout à retourner dans sa chambre fixer le ventilateur de plafond qui tournoie en permanence et lui donne cette impression d'une brise du Sud lorsqu'elle ferme les yeux.

Que va-t-elle faire, lors des rendez-vous médicaux, de cette nouvelle poussette adaptée qui ne se plie pas et n'entre pas dans la voiture ? Qui l'accompagnera à Sainte-Justine cette année et l'aidera à maintenir son fils dans son lit d'hôpital lors des innombrables examens ? Ça prendrait combien de jours avant qu'on retrouve son enfant si elle mourait dans son sommeil cette nuit ? Est-il possible de développer une allergie ou une intolérance à l'avoine ? Donne-t-elle trop de gruau à son fils ? Est-elle encore désirable ? Est-ce que son fond de teint cache bien ses cernes qui se creusent un peu plus chaque jour ou est-ce que le maquillage lui donne cet air de fille fatiguée, mais maquillée ? À quoi ça sert d'être désirable, si elle est incapable de développer une relation de plus de deux semaines ? Qui voudrait de cette vie, remplie de cris, de sueurs froides et d'odeurs de couches ? Lui reste-t-il des pochettes à plastifier pour les ateliers de mathématique, qu'elle doit donner aux élèves avant la fin de la semaine ? Est-ce que ça existe, des ustensiles adaptés pour manger du gruau ? Combien d'objets en trois dimensions, de photographies et de pictogrammes devrait-elle placer sur la bande horaire de fiston ? Est-ce qu'elle exécute convenablement sa routine sensorielle, comme le lui a enseigné l'ergothérapeute, en utilisant la brosse thérapeutique dans le bon sens et en appliquant des pressions profondes sur ses articulations ? La Société des alcools du Québec ouvre ses portes à quelle heure, le dimanche ? Est-ce que les doses de rispéridone et de clonidine qu'elle lui administre sont adéquates malgré sa récente poussée de croissance ? Pourrait-elle obtenir rapidement un rendez-vous avec son pédiatre ? Et cette poussette, qui n'entre pas dans la voiture…

En même temps que ta naissance sont arrivées la peur de mourir et les crises de panique. J'évite les situations qui me semblent dangereuses mais qui ne le sont pas véritablement, comme l'escalade ou la plongée, manger des noix ou des aliments exotiques, aller me coucher sans verrouiller les portes, prendre de nouveaux médicaments pour soulager mes migraines, marcher seule la nuit dans les rues du quartier, accepter un *drink* offert par un inconnu, voyager ailleurs qu'au Québec, fumer un joint à la fermeture des bars.

Qui prendra les bonnes décisions, te flattera le dos, te choisira une gourde d'eau que tu ne lanceras pas sur le mur si je ne suis plus en vie pour le faire ?

J'ai peur que tu me survives.

Allô ma belle longue,

Je t'aime. Vraiment beaucoup.

Ta souffrance est gigantesque. Je la vois, je la ressens. Elle flotte dans la maison comme la brume au petit matin. J'essaie depuis deux mois de remplacer le soleil, de te permettre de respirer en me faisant toute petite, mais je vois bien que ma présence ne fait que t'alourdir. Je voudrais prendre une part de ta détresse pour t'alléger un peu. Je voudrais t'accompagner lorsque tu vas voir ton fils pour t'éviter d'être seule sur le chemin du retour qui, chaque fois, te fait vider une boîte de Kleenex. Je voudrais te faire de la soupe et te raidir les cheveux au fer plat. Je voudrais faire tellement de choses pour que tu comprennes que tu n'es pas seule dans ta chaloupe à traverser la tempête. Mais tu me repousses toujours davantage. Et parce que je t'aime, ça me blesse énormément.

Tu sais, il me manque à moi aussi, ton gars.

Je suis désolée, Isa, mais la seule chose que je peux faire maintenant est de m'effacer. J'attendrai que tu m'acceptes et que tu réalises que tout ce que je désire, c'est que l'on s'ancre quelque part, qu'on se choisisse une île et qu'ensemble, on la désherbe. Mais il faut être deux pour ça.

Ne reste pas seule. Appelle ta mère, tes amies.

Audrey x

Depuis que tu es là, je suis difficile à aimer.

J'ai développé des rigidités à force de devoir composer avec les tiennes. Je sais que je suis devenue une *control freak* qui a de la misère à se gérer dès que l'autre ne coupe pas ses champignons comme je le ferais pour une sauce à spaghetti. C'est ça qui se passe quand quelqu'un doit composer tous les jours avec les crises que tu fais quand il manque du fromage dans le frigidaire ou des bulles dans ton bain. On devient un peu fou, on essaie de tout contrôler, tout le temps. Même maintenant, alors que tu as quitté la maison, tu ne me laisses jamais tranquille. Tu es là, à chaque instant, dans ma tête et mon cœur, dans mes projets, mes espoirs, dans les mots que j'écris et qui ne parlent que de toi.

Je ne suis pas surprise qu'Audrey ait décidé de me quitter. Tout mon exécrable moi s'est appliqué à la faire partir depuis des semaines. Je fais toujours ça, saboter mes relations quand je réalise qu'on m'aime pour de vrai. L'amour, ça vient avec un paquet d'attentes et de déceptions. Les gens ne comprennent pas que ma vie n'a rien à voir avec un épisode d'*Occupation double*. Que, si je pouvais choisir une autre vie, je préférerais brailler sur mon sort de pauvre fille de vingt-deux ans qui hésite entre frencher Mike ou Kevin sur le bord de la piscine d'un palace payé par la production dans un quelconque pays d'Amérique centrale. *You bet.*

Dès le jour où on a ouvert la fameuse canne d'asperges, je le savais, que ça allait arriver. Ça arrive toujours parce que plus ou moins consciemment, j'adopte des comportements ambigus qui se résument par je-t'aime-mais-tu-ne-sais-pas-ce-qui-t'attend-les-crises-les-larmes-les-médicaments-le-stress-tu-vas-finir-par-te-pousser-et-me-laisser-seule. Ce qui m'impressionne, c'est que malgré tous les avertissements répétés jour après jour, l'autre s'essaie pareil. L'autre me rencontre, me trouve drôle, intelligente, pas mal cochonne, juste assez indépendante. L'autre tombe en amour et me convainc de m'abandonner malgré les vertiges, à grands coups de *on va prendre notre temps*, de *je vais t'aider avec ton gars*, pis de *je comprends que ça ne sera pas toujours facile.* J'y crois parce que j'ai envie qu'une personne m'accompagne dans le pire comme dans le meilleur, sans jugement. Alors j'essaie. Je fais du café pour deux, je cuisine en souriant à l'idée de ne plus manger seule, je fais l'amour comme s'il n'y avait pas de lendemain. Mais toi, mon gars, ton intensité n'est pas moindre parce que ta mère essaie de penser un peu à elle. Tu hurles encore pour des raisons qui m'échappent, tu ne t'assois pas sur la toilette, tu ne manges pas seul, tu ne sais pas comment tenir une brosse à dents. L'amour n'annule pas tes rendez-vous trop nombreux, les centaines d'alarmes et de rappels sur mon cellulaire, mes crises d'anxiété de plus en plus fréquentes. Et à force de tout te donner, minute après minute, mon réservoir de compromis et de petites attentions se vide et il ne reste plus rien pour l'autre. Il m'en reste à peine pour tenir encore debout, pour être honnête. Plus de patience, plus d'écoute, plus d'énergie.

Ils et elles se sont succédé au rythme des semaines qui passent et lors de mes périodes chanceuses, des saisons. Tu en as rencontré certains, d'autres non, parce qu'à force d'expériences douloureuses, il y a cette espèce de lumière rouge qui s'est mise à flasher dans ma tête pour m'indiquer qu'il était préférable de faire certaines rencontres uniquement quand tu étais chez ton père.

Ton père, justement. L'homme avec qui je pensais fabriquer plusieurs bébés et suivre un chemin ordinaire, mais qui a préféré le faire avec une autre. Nous nous sommes laissés sans drames ni larmes, et il a refait sa vie, comme on dit. Je ne lui en veux pas. Après tout, il baigne dans les mêmes eaux troubles que moi depuis treize ans, mais à temps partiel. Sa foi en la vie, qui lui a donné le courage de se lancer dans la paternité de nouveau, me rend perplexe. Je ne suis définitivement pas croyante.

Ensuite, il y a eu celui qui, après quelques mois de complicité, a reconsidéré le projet *pas si relaxe que ça finalement* d'être mon chum en me disant qu'il désirait, un jour, concevoir ses propres enfants et qu'idéalement, ils seraient neurotypiques. Je l'écoutais, la mâchoire au nombril, me narrer le récit de son futur comme s'il s'était levé devin ce matin-là. Comme si ça se choisissait, de mettre au monde un enfant différent. Excusez, docteur ! Il n'y aurait pas moyen qu'il ait un ou deux morceaux de chromosome en moins celui-là ? Non ? Un pied avec six orteils d'abord ? Non plus ? Dites-moi pas que je vais devoir élever un être parfaitement normal sans autre préoccupation que de l'aider à devenir un adulte pas trop fucké ?

Puis, celui qui, réalisant à quel point je pouvais être dans la dèche parfois, m'avait acheté une machine espresso, une télé plasma et refait le *caulking* autour du bain avant de se sauver en me disant qu'il ne le feelait plus, finalement.

Celui qui est parti s'acheter des cigarettes et qui n'est jamais revenu.

Celui, marié depuis vingt ans, qui m'a emmenée en voyage à Paris, fait découvrir les vins nature, la gastronomie et toutes les positions du Kamasutra mais qui, une fois contenté du ventre et du cul, retournait à ses pantoufles et sa famille parfaite, comme celles qu'on voit sur les photos dans les cartes de Noël.

Celui qui m'a laissée pour une autre après deux ans de vie commune et qui s'est affiché en couple avec elle sur les réseaux sociaux avant que j'aie le temps d'annoncer notre rupture à mes parents. Tu t'en souviens, de celui-là, Éli ? C'était difficile de te faire comprendre ce manque soudain, ce trou dans ta vie créé par ma faute, parce que j'avais essayé de m'abandonner, pour une fois. Parce que, oui, j'avais délibérément éteint la lumière rouge dans ma tête qui, pourtant, prenait des airs de gyrophare tellement c'était évident que nous allions souffrir. Ta gueule, petite voix ! que je me disais. Alors il t'a rencontré, t'a aimé tout de suite parce que t'es franchement attachant quand tu le décides. Il t'a fait croire qu'il serait là pour toujours. J'y ai cru aussi, je t'assure. Particulièrement après avoir envisagé d'acheter ma première maison avec lui et, tiens-toi bien, même te faire un bébé frère ou un bébé sœur. T'imagines ? L'unique fois après toi où j'ai considéré à nouveau la maternité et je le faisais en pigeant le prénom Trou de cul dans le sac à partenaires de vie. J'aurais préféré jouer à la boulette, mon gars. Ça aurait été moins impliquant.

Et il y a eu la petite dernière. Celle qui me fait actuellement ouvrir une deuxième bouteille de vin. Fougueuse, la peau ferme, le cerveau en ébullition, un monde de possibilités devant elle, des mots dans sa bouche qui me donnent l'impression d'être exceptionnelle. Celle qui m'a donné des envies de machine à voyager dans le temps ou de vie parallèle, qui m'a charmée alors que je n'avais jamais été attirée par une fille avant. Qui m'a fait me demander si c'était pas ça, la solution : aimer une femme. Un être humain biologiquement plus empathique, organisé, qui sait se gérer même quand elle ne s'endure plus sans souhaiter que tu disparaisses. J'y ai presque cru mais les femmes, si empathiques soient-elles, semblent avoir davantage besoin de partager leurs émotions, de communiquer, de se sentir en symbiose avec l'autre. Encore une fois, trop d'énergie. Pas de jus pour ça.

Tu vois, mon lion, méchant beau portrait de vie amoureuse. Audrey trouvera mieux.

J'ai terriblement faim. Si je le pouvais, je ne ferais que dormir et manger pour le restant de mes jours. Je ne comprends pas cet appétit soudain, moi qui suis en peine d'amour, en peine de fils, en peine de vie. Assise à la table de la cuisine, j'engouffre ce que ma mère m'a cuisiné aujourd'hui sans permettre aux saveurs de laisser une trace de leur passage dans ma bouche. Deux portions de riz frit aux crevettes, une tranche de pain avec du beurre, trois biscuits au chocolat. J'ouvre la bouche et laisse la nourriture me pénétrer en espérant qu'elle me remplisse, me gave et, enfin, comble ce vide immense qui menace de m'avaler.

– Dix, neuf, huit, sept, six, cinq, quatre, trois, deux, un. BONNE ANNÉE !

Le visage défait et les mains moites, je regarde partout sans vraiment voir. Je cherche un regard dans lequel me suspendre pour ne pas plier les genoux. Sophie, Ève et Jasmine, mes précieuses, se sont brièvement éloignées de leurs familles pour se regrouper autour de moi pendant le décompte. Nos têtes collées, elles essuient mes larmes et évitent les souhaits malaisants du Nouvel An qu'elles savent inutiles. Dans les circonstances, leur présence est le plus beau des cadeaux.

Deuxième partie

Elle prend plusieurs bains tièdes. Elle fait les cent pas dans la chambre en se massant le bas du dos. Elle implore le médecin de lui donner cette injection qui la soulagera de la tempête qui lui traverse le corps. Par tous les moyens, elle veut étouffer la souffrance.

J'ai déjà lu dans une étude américaine que le niveau de stress des mères vivant avec des enfants comme toi s'apparente à celui d'un soldat au combat. La différence, c'est que pour nous, la guerre ne se termine jamais.

La sonnerie du téléphone me sort de mon état quasi végétatif.

– Allô ?

– Salut, c'est Sophie. Je suis au salon de coiffure. Câlle un taxi, pis viens me rejoindre ! On se saoule à soir !

– Je suis en pyj…

– Ben, mets tes culottes ! Envoye, Isa, sors de ton linge mou ! C'est vendredi, j'ai des esti de beaux cheveux, pis je sens qu'on va passer une soirée épique.

– T'as beaucoup trop d'attentes pour un vendredi soir du mois de janvier à Rouyn-Noranda.

– Pour l'instant, Dieu seul le sait et d'après moi, Il a plus d'un tour dans son sac divin pour te surprendre ! J'te laisse trente minutes.

Apparaître dans un lieu public m'excite autant que d'attraper la diarrhée du voyageur. Je me traîne jusqu'à la salle de bains, ouvre la lumière, la referme aussitôt, m'habille en noir, rouvre la lumière, me beurre de fond de teint, m'attache les cheveux et, sans grand enthousiasme, ouvre la porte. Le froid me saisit et me donne envie de retourner dans mon pyjama. J'hésite un court instant, pousse un soupir, dévale les escaliers et, d'un pas rapide, trace ma route jusqu'à Sophie. Une colère sournoise me prend au ventre à chaque pas. C'est tellement injuste, ce qui nous arrive, Éli. Pour t'assurer une vie heureuse, j'ai tout fait, tout ! Je me souviens de ma motivation lorsque j'étais enceinte de toi. Je congelais des compotes cuisinées sans gras, sans sel, mais avec extra amour, je peinturais les murs de ta chambre d'une couleur non genrée, je lisais le livre de La Leche en jugeant les mères qui n'allaitent pas, je marchais trente minutes par jour pour me rendre à l'université, je pratiquais l'aquaforme deux fois par semaine avec de futures mères presque toutes plus vieilles que moi, je ne mangeais pas de sushis ni de charcuteries, et je pensais à faire mes exercices de Kegel pour me raffermir l'organe que je confonds une fois sur deux avec la chaîne de montagnes. Veux-tu me dire à quoi ça a servi, faire tout ça, si aujourd'hui je me ramasse toute seule avec ce sentiment cuisant d'échec et d'abandon ? Si après autant d'amour garroché pour t'aider à grandir malgré ton autisme, tu me tournes le dos et décides d'aller t'automutiler dans un centre paqueté de personnes qui ne savent pas vivre parmi les autres ? Calvaire, Éli ! Tu troques un château contre une cabane pourrie dans le fond des bois, une voiture de luxe contre un vélo rouillé, une maman qui déborde d'amour contre une madame qui s'en torche ! Pourquoi tu nous fais ça ? Quand j'entends des gens, confortablement assis dans leur quotidien sans drame majeur, me lancer des phrases qui ne veulent rien dire, comme *la vie envoie les plus dures épreuves aux plus grands guerriers* ou *ce qui ne nous tue pas nous rend plus forts*, j'ai envie de leur crier de manger de la marde ! C'est facile de philosopher sur le sort des autres quand la mer est calme par chez vous. Je suis juste une maman, je fais du mieux que je peux dans les circonstances. Ça ne fait pas de moi quelqu'un d'assez extraordinaire pour porter une cape. Veux-tu que je t'avoue quelque chose de bien plus senti que leurs phrases imbéciles, mon gars ? La vérité, c'est que la justice est un concept inventé par l'humain pour se sentir moins ordinaire devant les situations qu'il ne peut pas contrôler. T'avoir mis au monde ne m'épargnera pas d'autres souffrances. Il n'y a pas de grand ministre de la Justice céleste qui partage les épreuves de vie entre les mortels ou qui choisit ses plus forts combattants pour leur envoyer les pires défis, malheureusement. Je pleurerai d'autres amours achevées, mes parents mourront, des gens que j'aime tomberont malades ou auront des accidents de voiture. T'accompagner dans cette vie digne d'un *roadtrip* éternel sur des chemins de gravelle ne m'empêchera pas de possiblement passer au feu, de développer une rosacée papulo-pustuleuse ou de terminer mes vieux jours seule et sénile dans un centre d'hébergement. C'est chien comme ça, la vie. Et honnêtement, je ne sais pas comment mon corps et mon esprit rebondiront devant tout ce qui s'en vient. Ce soir, ça me donne envie de casser des assiettes et de flipper des tables.

Une fille qui me dépasse par la gauche me fait sursauter. Elle parle assez fort pour enterrer la musique dans mes écouteurs, mais je ne comprends pas ce qu'elle dit. On dirait des mots inventés. Elle balance exagérément ses bras de gauche à droite. Ses longs cheveux tressés dépassent de sa tuque multicolore. Je la trouve dérangée, mais jolie. Une belle folle. Je me demande pourquoi elle a pété une latte. Est-ce qu'elle a trop consommé de drogues ? Est-ce que c'est une enfant abandonnée qui a mal viré ? Est-ce que, elle aussi, elle vient de perdre la personne qu'elle aime le plus au monde ? C'est à quel moment qu'on devient fou ? Après combien d'épreuves on se met à parler toute seule dans la rue et à faire peur aux gens ?

Arrivée au salon de coiffure où Sophie termine de se faire friser les cheveux, je suis bizarrement en forme, contrairement au moment où j'ai répondu à son appel. Comme si cette marche rapide passée à maudire notre vie m'avait donné le coup de fouet qui manquait pour décider de faire autre chose que de regarder le mur. Je l'embrasse sur les joues, fouille dans sa sacoche et lui emprunte son rouge à lèvres et son eyeliner. Pendant que j'essaie de me construire une face qui donne au minimum envie de frencher, elle me lance :

– Ça va te faire du bien, de sortir de tes joggings.

– J'ai terriblement le goût de boire. Un puits sans fond. Ça sera pas beau.

– C'est ma tournée!

Premier arrêt: le bar National. Des machines à sous, des cibles pour jouer aux dards et une pancarte au mur où l'on peut lire *Pas de bommage ici*, le tout éclairé par des néons qui donnent aux clients un teint de gastro. Il y a un deux pour un sur la petite Molson 50 et les *shooters* de téquila sont en spécial. Tout est en place pour bien démarrer la soirée. Sophie se dirige vers le bar pendant que je mets dix dollars dans le jukebox pour sélectionner les chansons sur lesquelles nous allons nous engourdir. Un vieil homme titubant me refile cinq dollars en me demandant d'intégrer Elvis à ma *playlist* parce que *parsonne n'arrive aux genoux du King, ma petite fille, c'est Réjean qui te l'dit!* Je ne lui réponds pas que l'expression parle plutôt de la cheville, ne prends pas son argent et sélectionne pour lui *Blue Suede Shoes* et *All Shook Up*. Sophie revient avec deux bières et deux *shooters*, qu'on s'enfile immédiatement.

J'emmerde la solitude. Je t'emmerde toi, qui es parti sans me laisser le choix. J'emmerde Audrey qui s'est poussée, elle aussi. Chin, Sophie. *Shooter!*

– Comment tu vas, cette semaine?

Je la regarde, désabusée, et me demande quoi lui répondre. La vérité, c'est que je vais mal, tellement mal que je n'arrive même plus à en parler. La vérité, c'est que je t'en veux de nous faire ça, de nous obliger à prendre cette distance. Que je m'en veux de toutes les fois où j'ai manqué de patience envers toi, de toutes les mauvaises décisions que j'ai prises. Que je pense parfois en finir avec tout ça, la tristesse, la culpabilité, l'angoisse, mais que c'est toi qui me maintiens en vie. C'est impensable de te laisser souffrir sans t'accompagner, même si tu me repousses. Je prends deux grosses gorgées de bière et lui réponds:

– Ça va. J'essaie de me concentrer sur le moment présent. Je prends ce qui arrive cinq minutes à la fois. Hier, quand je suis passée le voir au centre, c'était une bonne journée. Les blessures qu'il s'est faites aux bras guérissent tranquillement. C'est une bonne nouvelle. Je n'ai pas eu de signe de vie d'Audrey. Je lui en ai pas demandé non plus.

Je vois le désarroi dans les yeux de Sophie, mais elle sait qu'il n'y a rien à dire de plus. Elle sait que ça ne va pas pantoute, mais qu'à un moment donné, à force de vivre le même cauchemar jour après jour, les mots ne servent plus à rien.

– Installe Tinder sur ton téléphone, ça va nous changer les idées.

– Pas certaine que ton chum triperait sur ton plan de match !

– C'est pour toi, nouille ! Moi, je vais vivre les frissons à travers tes expériences qui, je le sens, seront franchement divertissantes.

Je soupire et installe ladite application sur mon cellulaire. Pendant le téléchargement, je cale ma bière et vais nous en chercher d'autres au bar. Au passage, je souris à Réjean qui titube en se dandinant sur les chansons d'Elvis. Penses-tu, Éli, que ce sera moi, dans vingt ou trente ans, qui passerai mon vendredi soir au comptoir du bar National dans cette misère palpable, esseulée sous ces néons froids ? J'emmerde les bars crado pour personnes désespérées. Chin, Réjean. *Shooter !*

Je reviens avec nos consommations et, sous le regard impatient de Sophie, je me crée un profil Tinder. Sexe : femme. Orientation sexuelle : bisexuelle. Mon amie ne s'endure déjà plus :

– Méchant beau terrain de jeu !

– Relaxe, je te rappelle qu'on habite en Abitibi-Témiscamingue.

Âge : trente-sept ans, presque trente-huit. Centres d'intérêt : ces jours-ci, je dirais inexistants mais, comme je ne peux pas sélectionner cette option, j'y vais pour les mots clefs *vin*, *lecture*, *Netflix* et *musique* en espérant que ça décourage tous les gros bras de ce monde de me parler de leur entraînement de CrossFit et de leur *char racing* en privé. Je finalise mon inscription en ajoutant à ce profil vide de sens une photo de moi datant de deux ans où je souris avec mes yeux. Les premiers candidats, Dave, Luc et Steph, se méritent tous un *swipe* à gauche parce que trop vieux, trop laids, trop… bancals. J'emmerde Tinder, c'est vraiment la pire invention pour se remonter le moral. Chin, Dave-Luc-Steph. *Shooter!*

Je tombe sur le profil de Camille, vingt-neuf ans, ayant sélectionné les mots clefs *plein air*, *vin*, *gastronomie* et *yoga*, qui nous montre des photos d'elle en randonnée, d'elle avec son chien, d'elle mangeant des Nachos. *Swipe* à droite pour Camille.

– Bon choix, ma Isa! Si j'aimais les vulves, moi aussi je l'aurais choisie.

Je ferme mon cellulaire et repars vers le bar nous chercher des grosses quilles pour la route pendant que Sophie nous appelle un taxi. Je me sens un peu ivre et m'écrase lourdement au comptoir en attendant nos consommations. Je remarque, accrochée au mur avec une punaise, une photo de la serveuse qui travaille ce soir, sur laquelle on la voit avec ce que j'imagine être ses enfants et son chum. Le teint jaune orange, en maillot de bain, ils sourient à pleines dents devant les palmiers de Riviera Maya ou de Varadero. Ça sent le *coconut* jusqu'ici. J'emmerde les familles nombreuses. J'emmerde les vies faciles et les voyages dans le Sud. Chin, madame la serveuse. *Shooter!*

Le taxi arrive et se gare devant l'entrée. Nous enfilons notre manteau et cachons nos bières dans la sacoche de Sophie pendant que Marjo s'époumone sur *Illégal*. Je m'assois devant et remercie intérieurement notre chauffeur de ne pas être trop raide dans sa conduite parce que les shots de téquila mêlés à l'odeur du petit sapin sur le rétroviseur me donnent légèrement la nausée. Fin de la course, douze dollars pourboire inclus, merci bonsoir.

Deuxième arrêt: le Cabaret de la Dernière Chance. L'endroit est définitivement plus chaleureux. Des boiseries, des lumières tamisées et une piste de danse déjà pleine de gens qui ont, peut-être, un petit peu plus de potentiel que Réjean. Peut-être aussi que ces individus ne lui arrivent pas aux genoux, ou à la cheville, et que pour cette raison ils dansent avec le mur. Sophie me donne discrètement la bière cachée dans son sac. Je me dirige vers mon endroit préféré, celui que j'ai squatté pendant je ne sais plus combien de soirées au début de ma vingtaine, avant ta naissance, près de la console du DJ, et y dépose nos manteaux. Je suis engourdie, ma vue est un peu floue. J'enlève l'alarme sur mon cellulaire parce que c'est déjà réglé dans ma tête : je n'irai pas te voir demain matin. Sophie arrive avec des uppercuts. J'emmerde la distance, les interminables allers-retours entre toi et moi, les cris de désespoir dans la voiture. Chin, Éli. *Shooter !*

Je me dirige vers la piste de danse sur les notes de Melissa Etheridge qui fait ça à sa façon.

Baby tell me does she love you like the way I love you
Does she stimulate you, attract and captivate you

Un grand brun se rapproche de moi. Il s'assure de me frôler à plusieurs reprises pendant que j'imite les autres et danse face au mur. Sa main se promène dans mon dos, par-dessus mon chandail et ensuite en dessous, discrètement. Je sens son souffle dans mon cou. Je suis loin de haïr ça.

Does she inject you, seduce you and affect you
Like the way I do

Je me retourne vers lui, glisse mes doigts dans ses cheveux brillants et lui murmure à l'oreille :

– Dans dix minutes, toilettes de gauche au fond du couloir.

Je quitte la piste pour rejoindre Sophie, en grande discussion avec une fille qui ne me fait ni chaud ni froid. Je regarde mon cellulaire en louchant un peu et vois que j'ai matché avec Camille sur Tinder. Je lui écris : *Viens danser avec moi au Cab. T'es pas game !* La serveuse passe près de moi avec un plateau de *shooters* multicolores. Je lui en prends deux et me dirige vers les toilettes. Le grand brun m'attend en souriant et ouvre la porte pour me laisser entrer en premier. Il pousse le loquet, se retourne et m'embrasse doucement. Je recule d'un pas, lui présente la fiole à boire. J'emmerde l'amour, le romantisme, les belles histoires qui n'arrivent que dans les films. Chin, inconnu. *Shooter!*

Je le pousse contre le mur, descends son pantalon et le prends dans ma bouche. Pas trop longtemps parce que je serais terriblement déçue que ça se termine avant d'avoir commencé. Je ne ressens plus rien. Ni sa bouche sur mes seins ni ses mains qui m'empoignent les hanches. Je veux qu'il me frappe, me fasse mal, me traverse. Je veux que mon corps souffre pour donner un *break* à mon cœur. À la place, il me prend mollement par-derrière et me vient sur les fesses avant même que je me prenne pour une actrice porno. En silence, je m'essuie avec du papier brun, me rince la bouche en prenant l'eau directement du robinet et ouvre la porte. Je tombe sur Camille, fraîche et pimpante, qui attend son tour pour les toilettes et qui, visiblement, est beaucoup moins maganée que moi. Je décide de faire comme si je ne l'avais pas reconnue et je poursuis mon chemin jusqu'à mon manteau que j'enfile en vitesse. Je cherche sans grande conviction mon amie Sophie et sors du bar par la porte arrière. Entre deux vomissements et quelques sanglots, j'appelle un taxi que j'attends, assise sur le rebord du trottoir en essayant de ne pas m'endormir. Après plusieurs minutes, je sens que l'on me flatte les cheveux. Des mains froides prennent mon visage et des doigts essuient mes larmes et le mascara qui coulent. Des bras me soulèvent et m'assoient sur la banquette arrière d'un taxi. J'entends mon adresse. Lorsque la voiture quitte l'endroit, je crois apercevoir le visage d'Audrey par la fenêtre.

Elle s'est habituée au silence comme un sans-abri à la faim. Non par choix, mais par nécessité. Depuis les débuts de leur vie ensemble, elle évite les endroits bruyants pour le préserver, pour éviter les surcharges sensorielles et les désorganisations.

Elle choisit avec précision les moments où elle peut allumer la télévision et n'écoute que de la musique instrumentale en contrôlant l'intensité du volume selon l'humeur de son fils.

Il déteste les voix féminines dans les haut-parleurs.

Elle planifie des vacances au chalet lorsqu'il y a des travaux de construction sur sa rue.

Il s'enferme dans sa chambre lorsqu'il entend les alarmes de recul des camions.

Elle demande aux gens qui les visitent de chuchoter à toute heure du jour.

Il hurle lorsque des gens discutent à proximité de son coin refuge au salon.

Elle vérifie chaque mois les piles de l'avertisseur de fumée. Elle est constamment en alerte, angoissée à l'idée d'un éternuement, d'un objet tombé par terre ou d'une porte qui claque.

Il se mutile lors de bruits soudains.

Dans le silence, elle se repose et recharge ses batteries. Elle se concentre sur sa respiration et sur les bruits naturels de l'environnement, comme la pluie qui tombe ou le vent qui souffle. Pour elle, le silence est un refuge sécuritaire qui la préserve des débordements.

Le cadran sonne. Huit heures quinze. J'ouvre les yeux avec l'envie de les refermer aussitôt. Ne pas affronter cette journée. Rester ici, sous ma grotte de couvertures douces, et faire comme si de rien n'était. M'obliger à retrouver Morphée, Hypnos et toute leur gang de chums pour leur dire que le cauchemar a assez duré. Mais je n'arrive pas à jouer des tours à mon cerveau. Il se met à s'activer et me propulse des images de toi, de moi, de nous à différents moments de nos vies. Ta fascination pour les fibres optiques, les bleus sur tes mains, tes premiers pas, l'eau de ton bain devenue rouge, ta curiosité envahissante pour le chien du voisin, mes cris impossibles à retenir. Sans ouvrir la lumière, je sors du lit et m'habille en vitesse avec un legging confortable et un vieux T-shirt. Je saute dans mes bottes et mon manteau sans prendre le temps de me faire un café et de me brosser les dents.

Ouvrir la portière. Faire démarrer la voiture. Appuyer sur *play*.

Hey, I'm your life
I'm the one who takes you there
Noranda. La route 117. La côte Joannès.
I'm your dream, make you real
I'm your eyes when you must steal
I'm your pain when you can't feel
Cadillac. Rivière-Héva. Amos. Toi.
Sad but true

Hier, le 26 janvier, je n'ai pas vu le soleil se lever ni se coucher. Cette journée n'a jamais existé. J'ai vomi à plusieurs reprises, tenté de m'intéresser aux gens sur Facebook, pris deux douches assise au fond de la baignoire, avalé plusieurs cachets pour soulager mon mal de tête, un Gatorade et une soupe Lipton, ignoré tous les textos de Sophie qui s'inquiétait. Vers vingt et une heures, j'ai éteint ma lampe de chevet en m'excusant dans ma tête de t'avoir négligé.

Aujourd'hui, un pincement de remords et d'angoisse au cœur, je me suis levée tôt pour aller te rejoindre. Je m'excuse, mon lion. Hier, je n'étais pas une bonne maman.

À mon arrivée au centre, je croise Julien, le coordonnateur des équipes qui travaillent dans les unités de soins. Un de nos alliés, je dirais, depuis le début de cette mésaventure. Il me dit :

– Éli n'était pas en grande forme, hier…

– Comment ça ?

– Un client s'est désorganisé et a lancé des meubles dans la grande salle. Éli est devenu nerveux, s'est réfugié dans sa chambre et s'est encore blessé les bras. Il a fini par se calmer sur l'heure du souper, mais il pleurait beaucoup au moment de s'endormir. Nous avons dû lui administrer de la morphine.

Savoir que tu peux être aussi triste et aussi mal me pulvérise. Je n'étais pas là pour te rassurer. Je n'étais pas là pour te dire que c'est normal d'avoir peur. À la place, ta mère déchet cuvait sa brosse de la veille en s'inquiétant pour les maladies transmises sexuellement.

Je me dirige en vitesse vers ta chambre et lorsque j'ouvre la porte, tu te lèves, me prends par le bras et m'emmènes vers ton lit. Tu guides ma main vers tes cheveux. C'est ta façon de solliciter les caresses depuis que tu es tout petit. Ta demande est claire : *rassure-moi, maman, reste là*. Alors je glisse mes doigts dans ta chevelure dorée jusqu'à ce que tu t'endormes et j'en profite pour sentir ton cou, pour retrouver cette odeur que je connais par cœur et qui me manque tant.

Il a tout juste cinq ans. Hier, elle a soufflé pour lui les bougies de son gâteau au chocolat qu'il n'a pas mangé. Il a plutôt étendu partout ce truc collant sur ses doigts en ayant des haut-le-cœur. Elle l'a un peu forcé en plongeant ses petites mains au centre, dans le glaçage qui formait le chiffre cinq. Elle désirait qu'il touche, qu'il goûte, comme tous les autres enfants qui fêtent leur anniversaire. Mais il a juste pleuré en salissant la table, la chaise, le mur et son visage. L'an prochain, elle ne se cassera pas la tête pour cuisiner quelque chose qu'il refusera de manger et allumera une chandelle qu'elle déposera au centre de ses patates pilées noyées de sauce brune.

Depuis qu'il est né, le célébrer s'avère un moment de grande tension émotive. Elle panique dans toutes les boutiques pour enfants de la ville, à la recherche de ce précieux objet qui fera briller ses yeux d'excitation, haletante et interdite devant les centaines de jouets colorés qu'elle sait inaccessibles pour lui. Son cœur se referme alors au même rythme que les portes des magasins qu'elle pousse les mains vides mais les yeux pleins d'eau, dans un bruit de clochettes qui l'achève avant qu'elle atteigne le trottoir.

Il préfère le papier de soie des emballages cadeaux à ce qui se trouve à l'intérieur du sac. Elle devrait probablement se résigner et lui offrir une boîte remplie de papier de soie, mais cette idée la rend triste. Elle veut le voir s'extasier devant un ourson qui parle ou des Lego de *Star Wars*. Elle veut s'émouvoir de son excitation lorsqu'il déballe ce jeu vidéo tant désiré. Pas devant des bouts de papier qu'il lance inlassablement dans les airs. Elle essaie alors de lui chanter son amour, mais aussitôt qu'elle fredonne la traditionnelle chanson pour lui souhaiter un joyeux anniversaire, il se replie sur lui-même et se bouche les oreilles en hurlant. Elle voudrait tant le célébrer, son unique. Elle en aurait besoin. Mais, encore, elle capitule. Elle s'incline devant ce fils qui a en horreur le jour le plus important pour elle, celui de sa naissance.

Il est deux heures du matin. Je me noie dans l'alcool pour te chasser de mon esprit. Je termine mon deuxième Stinger après avoir déchaussé une bouteille de vin beaucoup trop corsé pour être accompagné d'un sac de chips. À la télévision joue un énième épisode d'une série ennuyante que j'ai commencé à regarder pour ne pas endurer le silence. Sept saisons d'insignifiances, où un groupe d'adolescentes tuent des gens, mentent à leurs amies, trompent leur chum et dépensent en une semaine ce que je gagne en une année. Le chien galeux du septième art, genre. J'ai un peu mal au cœur et entre deux grandes respirations, je décide de texter Audrey : *Je l'sais que je suis la pire des blondes. T'as eu raison de partir, j'aurais fait pareil. Je devrais pas te dire ça, mais ce soir, j'aurais besoin que tu sois là. Je me sens tellement seule. Ne viens pas me rejoindre parce que demain, je serai encore la même fille que celle des dernières années. T'sais, la grande anxieuse prise dans mille et une rigidités, qui sourit un matin sur cinq. Mais je voulais que tu saches que tu m'as fait du bien, malgré tout. Pis que je te remercie d'avoir été là. Je m'excuse, Audrey.*

J'hésite un instant et envoie ce message qui ne veut pas dire grand-chose à part mettre en évidence mon pathétisme et ma solitude. Ensuite, je réponds à Math, Émile et Joseph sur Tinder.

Le premier qui donne signe de vie, je lui donne mon adresse.

Depuis que tu es pris en charge par le gouvernement, tu dois entrer dans le même moule que tous tes colocataires. Mais ce moule n'existe pas vraiment. Vous avez des préférences, des envies, des aversions et des besoins aussi différents et variés que vous l'êtes vous-mêmes. Sauf qu'aucun ne possède les mots pour se plaindre, revendiquer, exiger.

On te lave avec du savon qui sent le vieillard et qui te cause des érythèmes fessiers. On te brosse les dents avec un dentifrice à la menthe qui te fait couler des yeux tellement tu le trouves intense. Tu manges du gruau nature avec du sucre blanc à la place du sirop d'érable, des légumes vapeur trop cuits, des œufs brouillés sans sel. Tu prends des suppléments vitaminiques qui goûtent la mort et te donnent des haut-le-cœur. Tout ça parce que le gouvernement, il trouve que tu coûtes déjà assez cher comme ça à la société. Les goûts luxueux, c'est pour les autres. Pour ceux qui peuvent s'exprimer et qui peuvent se les payer.

Bien sûr, je continue à t'acheter ces choses qui te plaisent pour éviter de te faire subir ce manque d'humanité. Je magasine pendant des heures ton savon et ton shampoing hypoallergénique, ton gruau à saveur de pêche, ton dentifrice qui goûte la gomme balloune. Je m'assure que tes vêtements soient à ta taille et adaptés à la température. Je dépense des centaines de dollars par mois en essence pour m'assurer qu'on ne te laisse pas croupir seul dans ta chambre. Je paie aussi un petit loyer pour que tu puisses vivre dans ce lieu qui me donne envie d'y mettre le feu.

Tout ça avec un chèque d'allocations familiales réduit parce que le gouvernement trouve qu'il est pour toi un meilleur parent que moi depuis qu'il te paie toutes ces choses qui ne te conviennent pourtant pas.

En allant à la pharmacie, je suis tombée nez à nez avec la mère d'un de mes anciens élèves, un petit fatigant au prénom anglophone, qui habite dans le coin. Elle m'a emmerdée quelques minutes en me parlant de la température, du coût de l'épicerie et de ses jumeaux qu'elle souhaite voir dans ma classe l'an prochain.

Elle sait rien, la conne. Elle sait pas que j'ai cessé de m'occuper des enfants du quartier pour nager à contre-courant dans l'espoir qu'on se retrouve. J'en veux à cette femme trop heureuse, trop bien dans sa peau, trop confortable dans sa vie parfaitement normale. En plus, elle a gâché le seul moment de la journée qui m'empêchait d'envisager ma propre mort comme la seule option pour arrêter de souffrir en pensant à mon impuissance devant nos vies manquées. Ce sera quoi après, madame la princesse ? Fermer les yeux sur les échecs de tes enfants TDAH que tu soignes avec des capsules de magnésium et m'implorer de leur mettre la note de passage parce qu'il ne faudrait surtout pas que je scrape leur estime ? Produire une pièce de théâtre inspirée des arts numériques sur les règles grammaticales pour qu'ils daignent s'intéresser à moi ? Je la traite intérieurement de sale égoïste, d'insignifiante, de mère ridicule. Ça me fait pas vraiment de bien.

Je hais le monde.

Aujourd'hui est une bonne journée pour eux. Tout est comme d'habitude, sans surprise. Une chaleur enveloppante plane dans l'appartement qu'elle vient d'acquérir, après avoir visité des dizaines de sous-sols sentant l'humidité et des logements si minuscules qu'il était facile de confondre la chambre d'enfant avec une garde-robe. Se loger à Rouyn-Noranda n'est pas simple, les appartements étant rares, chers et généralement insalubres. Celui-ci est imparfait – il n'y a pas de pelouse dans la cour arrière et elle devra installer la piscine gonflable pour son fils dans la gravelle juste à côté de sa voiture –, mais au moins, c'est lumineux. Le soleil entre dans toutes les pièces et ça les apaise.

Elle allume la télévision. Pour la dixième fois aujourd'hui, elle regarde Passe-Carreau qui se lèche entre les doigts comme une chatte et refoule les images pornographiques qui lui viennent en tête. Lui, il regarde la dame à la télévision en battant des ailes et en poussant de petits cris. Il adore Passe-Carreau. Elle le fascine. Passe-Montagne aussi, il l'amuse, quand il fait l'idiot avec l'électricité ou avec Babette la baleine. Elle ne peut alors s'empêcher de sourire en s'imaginant enseigner le phonème initial à ses élèves de première année : *Répète après moi. Babette la baleine a de bien belles boules.*

Un ventilateur posé sur le sol oscille et les rafraîchit par intermittence. Il cesse d'écouter la télévision et rejoint l'objet qui fait du vent. Il l'observe un moment, puis approche son visage de la grille qui protège les hélices. Il balance sa tête au même rythme que les allers-retours de l'appareil. Il imite le ventilateur. Elle éclate de rire, et lui aussi.

Ça frappe à la porte. Je ne me lève pas du lit et fais comme si je n'avais rien entendu. Tout pour me cacher du reste du monde. Ça frappe de nouveau. Je me donne le défi de compter jusqu'à trente avant de m'extirper de ma grotte pour aller envoyer promener celui ou celle qui ose écourter ma deuxième sieste de l'après-midi. À vingt-huit, je pousse un soupir de soulagement en entendant l'intrus s'éloigner de la maison. Sur mon cellulaire, un message de Jasmine : *Isa, on se fait du souci. Appelle au moins. X*

J'inquiète mes parents, mon grand. Je n'arrive pas à mener une vie d'adulte normale sans pleurer dans leurs bras à chaque souper improvisé que l'on arrose de bulles, de vins et de digestifs qui n'aident en rien à digérer le quotidien. Mes parents qui ont dû, eux aussi, vivre le deuil d'un petit-fils qui apprend à parler, fait la danse des bobettes, dessine des maisons et des animaux que l'on accroche sur le frigo. Mes parents qui ont dû ravaler leur peine pour être en mesure de supporter la mienne. Pour ne pas en rajouter une couche. Ils ne t'aiment pas moins, au contraire, mais souffrent de ce que ta différence a créé dans notre quotidien. Un jour, ma mère m'a dit : *J'ai souhaité une vie plus douce pour toi*, avec des larmes dans la voix. Cette phrase me bouleverse parce que j'ai envie de te dire la même chose, mon lion. Personne ne veut voir souffrir son enfant.

Chaque chandelle soufflée pour leur anniversaire me terrifie. Dans cette aventure d'être ta mère, j'ai peu d'alliés, de personnes qui savent vraiment, qui comprennent sans que les mots soient nécessaires. La famille est mon refuge, mon repaire avant d'imploser. Où vais-je pouvoir souffrir sans jugement et dans l'amour inconditionnel lorsqu'ils ne seront plus là ? Qui voudra m'écouter raconter la même histoire, année après année, sans que je me sente lourde ?

Je voudrais mes parents immortels.

As-tu déjà remarqué, Éli, que l'hiver, les ciels de chez nous sont surprenants à s'en émouvoir ? Dès seize heures, des nuances de rose, de jaune et d'orangé s'installent entre les nuages et viennent enflammer le paysage blanc et froid. Comme si, à ce moment précis, la lumière nous amenait à regarder autrement ce qui nous entoure, à mieux voir. Juste avant que tout s'éteigne, juste avant la grande noirceur. Sortie dans la cour arrière pour observer les monticules de neige qui scintillent sous les arbres sans feuilles, j'ouvre ma bouteille de Meinklang et lève mon premier verre de la journée à ce spectacle gratuit qui réussit à me faire ressentir quelque chose d'autre que de la colère et de la tristesse.

Le téléphone sonne. C'est Julien. J'entends les mots *fièvre*, *hôpital*, *soluté*. J'entends des mots qui semblent appartenir à une autre langue que la mienne. Je suis pétrifiée, mon corps ne bouge pas, ne frémit même pas. Julien parle plus fort, plus rapidement.

– Isabelle, Éli a besoin de toi.

Je reçois ces mots comme un coup de couteau dans l'estomac. Je lui bredouille :

– J'arrive, je saute dans la voiture.

Pendant le trajet, j'enfile les kilomètres d'épinettes sans les voir, je dépasse des voitures sur des lignes doubles, je me situe dans un autre espace-temps. Je ne pense qu'à te prendre dans mes bras, tout de suite, à embrasser ton front bouillant. La radio est fermée et le Bluetooth déconnecté. Seulement le silence dans l'habitacle et le boucan dans ma tête qui me répète sans cesse : *Éli est à l'hôpital. Éli est à l'hôpital…*

En arrivant à Amos, je ne trouve pas de stationnement près de la porte des urgences. Je cherche frénétiquement du regard un endroit où garer l'auto mais des larmes m'embrouillent la vue. J'ai l'impression que des heures s'écoulent, que je suis prisonnière de cette maudite voiture et que je n'arriverai jamais à te rejoindre. Je finis par trouver, je me range et me précipite vers l'entrée de l'hôpital. J'aperçois Julien qui m'attend et qui me fait signe de le rejoindre. Essoufflée, sans arrêter de courir, je l'écoute me raconter les dernières heures qui ont mené à ton hospitalisation.

– Éli a arrêté de s'alimenter et de s'hydrater depuis hier soir. Il fait beaucoup de fièvre. Son état s'apparente à un coma.

– Un coma ? je lui crie.

– Il ne réagit pas lorsqu'on le touche ou qu'on lui parle, me répond-il avec un trémolo dans la voix qui trahit son émotion.

Il m'accompagne vers la pièce du rez-de-chaussée dans laquelle on t'a installé en attendant qu'un médecin t'examine.

Une seule porte me sépare de toi désormais. Une infirmière, plutôt âgée, se tient devant et prend des notes dans un calepin. À mon arrivée, elle me demande de m'identifier. Je lui dis que je suis ta mère. Elle regarde Julien et, après m'avoir dévisagée quelques secondes, répond sèchement que je suis de trop puisqu'un seul accompagnateur est permis. Elle a prononcé ces mots avec mépris, une pointe de méfiance dans la voix quant à mes compétences parentales.

Je suis de trop. De. Trop.

Je lui hurle des mots irréfléchis. Je lui demande si elle est née sans cœur. Je l'affronte du regard, sans jamais baisser les yeux. Je veux qu'elle voie les larmes sur mes joues et la sueur sur mon front. Je lui gueule que je n'ai pas choisi de te *placer* dans un centre, que c'est pour te sauver la vie, que je t'aime à en perdre le souffle. Ma voix s'étrangle. Je lui dis que je suis épuisée de me battre dans ces systèmes pleins de jugements, épuisée de me justifier auprès de gens dans son genre, qui se croient meilleurs que les autres et à qui l'on devrait donner des cours d'empathie obligatoires. Je m'adosse au mur et sens la fraîcheur du béton à travers mon T-shirt. Je me tais et me laisse glisser au sol. Julien, hébété par ce qui vient de se produire, me dit que je peux prendre sa place, que c'est à moi, surtout à moi, d'être à tes côtés. L'infirmière abdique et s'éloigne en soupirant.

J'ouvre la porte et entre dans une pièce exiguë dans laquelle des traces de plâtre non poncées bouchent plusieurs trous. Les tuiles du plafond suspendu arborent des cercles brunâtres et témoignent d'un dégât d'eau plus ou moins récent. La peinture des murs jaunis s'écaille. La décrépitude des lieux me frappe de plein fouet. Nous laissons les gens souffrir, et parfois mourir, dans la laideur et l'étiolement. Au centre de la pièce, un petit lit t'accueille et à côté trône une chaise inconfortable que je n'utiliserai pas. Le sang sur tes draps atteste des difficultés que l'équipe médicale a rencontrées lors de la pose de ton soluté. Je m'approche, caresse tes cheveux. Tu es brûlant. Tu émets un sifflement lorsque tu respires et même si tu voulais ouvrir les yeux, le mucus qui scelle tes paupières t'en empêcherait. J'enlève mon manteau et mes bottes et je m'installe derrière toi, dans ton lit, en cuillère. Je profite de ton sommeil pour m'apaiser le cœur, pour me consoler au contact de ta peau, pour te rappeler que je suis là, que je serai toujours là. Nous restons ainsi, dans cette position fœtale, plus d'une heure.

Un médecin entre dans la pièce. Sa voix est douce, son regard se veut rassurant. Contrairement à l'infirmière rencontrée plus tôt, cet homme semble avoir compris depuis longtemps que l'expérience humaine est vaste et parfois douloureuse. Il me demande de lui décrire ton état naturel lorsque tu n'es pas malade. Il me dit qu'il est complexe de distinguer ce qui est grave de ce qui ne l'est pas avec les enfants qui ont de lourds handicaps. Je lui explique tes mains qui virevoltent de bonheur, tes cris de joie, ton appétit sélectif mais bien présent, tes câlins lorsque tu le veux bien, ta joie qui éclate à l'heure du bain. Je lui parle de tes jeux avec les serpentins, les bulles et les balles rebondissantes. Je lui raconte aussi tes derniers mois : les comportements agressifs qui augmentent, les crises, les blessures que tu t'infliges, le placement en centre de réadaptation. Le médecin m'écoute, hoche la tête. Puis, lorsque ma voix se brise, il me demande d'identifier mes attentes par rapport au niveau de soin. Il me rappelle que l'état de santé des enfants comme toi peut rapidement régresser en cas de maladies, même bénignes, que ta vie est beaucoup plus fragile que celle des autres enfants. Avant même d'avoir pu reprendre mon souffle, je l'entends me décliner quatre scénarios envisageables et me questionner sur ce que je décide pour toi. En d'autres mots, il me demande si je désire :

A : qu'il fasse tout ce qui est en son pouvoir pour te sauver la vie ;

B : qu'il prolonge ta vie par des soins limités ;

C : qu'il s'occupe avant tout de ton confort. Ensuite, si c'est possible, il tentera de prolonger ta vie ;

D : qu'il te laisse partir sans souffrance.

Advenant que la situation empire et qu'elle nécessite des soins invasifs comme l'intubation, la chirurgie majeure ou la réanimation, que doit-il faire ? Un silence écrasant s'installe dans la pièce. Je suis bouche bée. Je n'ai jamais réfléchi à cette question. Bien entendu que je désire que l'on te sauve la vie… mais à tout prix ? Même si ton état s'aggravait à la suite de ça ? Que tu ne puisses plus t'alimenter par la bouche et que l'on doive te gaver ? Que tu vives avec des séquelles neurologiques permanentes ? Le médecin voit bien que mon anxiété augmente.

– Vous n'êtes pas obligée de choisir maintenant. Vous pouvez reve…

– Je choisis B, lancé-je de manière précipitée, en criant presque. Vous prolongez sa vie par des soins limités, sans acharnement.

– J'aurais pris la même décision s'il avait été question de mon fils, me dit-il doucement.

Moi, je te regarde, meurtrie et traumatisée d'avoir prononcé ces mots devant toi. Je m'excuse, mon grand. J'espère que tu n'as rien compris de tout ce qui vient de se décider. J'espère que les mots utilisés sont trop complexes pour que ton cerveau traite ces informations déchirantes. Le médecin m'indique ensuite que nous serons transférés en pédiatrie pendant au moins vingt-quatre heures, pour te réhydrater, te donner par injections intraveineuses un antibiotique à large spectre et surveiller l'évolution de ton état. Je l'écoute distraitement, mes pensées vont dans tous les sens. Je réalise alors que je passerai une nuit avec toi pour la première fois depuis plusieurs mois et malgré l'urgence de la situation, cette idée vient, comme les traces de plâtre sur les murs qui nous entourent, combler les creux à l'intérieur de moi.

Nous montons au cinquième étage et, dans l'ascenseur, je prends ta main. Je voudrais ne plus jamais la lâcher. Une fois seuls dans ta chambre, je m'assois à tes pieds et, pendant de longues minutes, pleure en silence. Je pleure pour toutes ces fois, depuis la dernière année, où j'ai craint pour ta vie et où j'ai dû prendre des décisions auxquelles aucun parent ne devrait être confronté. Puis je profite de ton sommeil pour prendre soin de ton corps et faire toutes ces choses qui d'habitude finissent dans la violence : couper tes ongles et tes cheveux, laver ton visage, t'habiller d'un pyjama propre. Ensuite, je m'étends au sol sur le matelas de plastique qui m'est destiné et ferme les yeux. Je suis tellement, tellement fatiguée.

Plus tard dans la nuit, je me réveille en sursaut lorsque j'entends un cri semblable à celui des geais bleus qui nous rendent visite parfois, à la maison. C'est toi, qui es sorti de ton lit pour te rendre au pied du mien. Tu bats des ailes en riant, fais ces petits bruits qui m'indiquent que tu vas mieux, que l'antibiotique fonctionne. Je m'approche pour te faire un câlin et tu émets ce son qui veut dire « non » en me repoussant de la main. Mais tu restes là, près de moi, en souriant.

Je respire à nouveau. Les muscles de mon corps s'apaisent. La peur me quitte.

Assise sur le divan, elle caresse les cheveux de celui qui partage son quotidien depuis maintenant huit ans, avant d'entamer la pénible routine du soir qui se termine souvent au milieu des cris et des jeux bruyants qu'il s'invente dans la noirceur de sa chambre. Elle glisse ses doigts derrière les petites oreilles, là où des mèches dorées se cachent, et chatouille doucement les maigres omoplates pour entendre fuser son rire cristallin. Lorsqu'elle cesse ses câlins, elle lève les mains dans les airs pour l'inciter à prononcer le seul mot qu'il sait dire et ainsi, s'assurer qu'il ait du sens pour lui : *encore*.

– Allez mon grand ! Dis : encore !

Qu'il réussisse à prononcer ce mot, plus complexe que *lait* ou *chat*, l'épate et la laisse stupéfaite. Il en est fier et l'utilise à toutes les occasions : pour demander du jus même lorsqu'il n'en veut pas, pour solliciter des jeux qui le font rire, pour ajouter de l'eau dans le bain déjà plein, pour refuser de s'habiller ou de mettre ses bottes. Dans ses multiples tentatives pour lui apprendre à prononcer de nouveaux mots, elle étire ceux-ci exagérément avec sa bouche, en se plaçant à sa hauteur, comme le font les gens avec de très jeunes enfants. *Chaaa-peau. Poiii-ssooon.* Mais cet exercice s'est avéré, depuis toujours, infructueux. Le mot *encore* est, probablement, un coffre rempli de possibilités et c'est pour cette raison qu'il l'a choisi parmi tous les autres.

Et ce soir, entre quelques rigolades et encouragements pour qu'il s'exerce à prononcer son mot favori, il la regarde dans les yeux et laisse glisser entre ses lèvres ce poème qu'elle n'attendait plus sans pour autant cesser de l'espérer :

– Maman.

Depuis treize ans, tu es ma principale source de réconfort.

Lorsque je devais m'absenter des rassemblements familiaux ou des fêtes avec les copains pour éviter les crises que tu ferais.

Lorsqu'on me laissait tomber après quelques nuits endiablées et un café au lait.

Lorsque mes élèves prenaient du retard en mathématiques ou devenaient surexcités à la première tempête de neige.

Je me consolais en me disant que ça importait peu car nous étions ensemble. Ensemble en pyjama. Ensemble sous ta cabane de couvertures. Ensemble avec ma bouteille de vin et tes craquelins préférés. Ton odeur, ta douceur, ton rire, ta présence suffisaient à me réparer de toute cette vie si difficile à traverser parfois.

Je ne sais plus comment me réconforter depuis que tu m'as quittée.

Je me tourne vers la gauche, insère un oreiller entre mes cuisses et frôle un bras inconnu. Semi-comateuse, j'ouvre un œil, et sous une chevelure noire et une barbe de quelques jours, j'entrevois un visage qui me rappelle que ma soirée d'hier est à oublier. Mathieu, ou Mathias, ou peut-être Mathéo, que j'ai surnommé dans ma tête *le pêcheur pornographe*, a répondu à mon appel Tinder.

Je me souviens vaguement de son arrivée à la maison. Grand, musclé, pas d'une laideur choquante malgré ses vêtements Ecko Unltd qui ne reviendront jamais à la mode et la texture croustillante de ses cheveux figés par une surutilisation de gel coiffant bon marché. Il a lancé son manteau sur le comptoir de la cuisine, laissé la neige de ses bottes salir le plancher et s'est installé à mes côtés sur le divan. Puis il y a eu un flot ininterrompu de paroles insipides, où Mat-Chose s'enflammait en m'expliquant ses trucs et astuces pour attraper les plus gros brochets, dorés et achigans dans les lacs de l'Abitibi. Pendant qu'il me décrivait avec une précision quasi maladive les leurres qu'il installait au bout de sa canne à pêche en se vantant pour chaque prise réussie, je buvais gin tonic sur gin tonic en pensant à toi. J'essayais de t'imaginer autrement, sans handicap, et de te visualiser dans les moments ordinaires qui viennent ponctuer le quotidien. Aurais-tu une blonde ou un chum ? Aimerais-tu, toi aussi, les aventures de chasse et pêche ou préférerais-tu le théâtre, les arts visuels ou les jeux vidéo ? Porterais-tu, comme la majorité des adolescents, des marques précises de vêtements ou me ferais-tu honte dans des T-shirts Ecko Unltd? Serais-tu un ado docile ou rebelle? À cette dernière question, j'ai souri. Handicap ou non, tu m'en ferais voir de toutes les couleurs, c'est certain. Ton charme, ton orgueil et ton ardeur te définissent bien au-delà de ton autisme.

– Pourquoi tu ris? m'a demandé Mat-Chose, dont j'avais pratiquement oublié la présence dans mon salon.

Un peu éméchée par l'alcool et saoulée par l'inintérêt de sa conversation, j'ai entrepris de mettre fin à ce petit calvaire sur fond de passion halieutique. Je me suis levée, me suis assise à califourchon sur lui et l'ai embrassé avec la langue un peu molle en retirant mon chandail. Le reste de la soirée m'apparaît par flashs plutôt flous, mais je me souviens que le pêcheur d'eau douce, excité par la tournure des événements, s'est instantanément transformé en acteur porno. Des doigts qui se faufilent et entortillent mes cheveux en tirant dessus, un sexe qui me pénètre rapidement par-derrière, un lit en bois qui grince, une main rugueuse sur ma gorge, des dents qui me croquent trop fort les seins. Et, entre les râlements, les gouttes de sueur et les claques sur les fesses, des mots, *chienne*, *salope*, sales comme le liquide visqueux qui a atterri sur mon ventre. Je le sais, mon lion, qu'une mère adéquate ne raconte pas ce genre de choses à son fils. Je le sais. Mais ces mots, cette souffrance, tu ne les liras jamais de toute façon. Tu ne sauras jamais à quel point ton départ m'a anéantie. Alors je te raconte tout pour te garder près de moi, pour que ce lien si fort qui nous unit ne se rompe pas complètement. C'est le mieux que je puisse faire avec ce que tu m'as laissé.

J'ouvre grand les yeux et me lève du lit sans douceur, pour signifier au pêcheur pornographe qu'il est temps de s'en aller. Sans un mot, je me dirige vers la salle de bains, verrouille la porte et m'immerge sous le jet de la douche. Je savonne chaque partie de mon corps, fais rougir ma peau par des allers-retours vigoureux avec le morceau de savon. Puis je cesse tout mouvement, soudainement consciente de chaque microgoutte qui me tombe dessus. L'eau, brûlante, se faufile dans mes cheveux, atteint mon crâne et parcourt mon corps. Ça me fait l'effet d'une caresse après la douleur, d'une main qui panse mes blessures. Je ressens le même soulagement qui vient après avoir vomi violemment lors d'une indigestion. Ce moment où l'on se glisse dans nos couvertures chaudes, épuisé et en sueur, mais libéré de ce qui nous a rendu malade.

Nous meurtrir volontairement ne fonctionne pas, Éli. Il n'y a pas de souffrance plus grande que la nôtre. Tu te mords, hurles, frappes dans les murs, tu t'arraches les cheveux, te griffes le corps tout entier. Moi, je laisse des inconnus me salir, je bois à en perdre la mémoire, je m'isole de ceux qui m'aiment, je me traite de mauvaise mère en me regardant dans le miroir, je ne réponds pas au téléphone, je mens sur Tinder, je baise encore, je bois davantage. Les événements *trash* ne font que s'accumuler, m'écraser, m'ensevelir. Je suis tellement épuisée que j'ai envie d'en finir une fois pour toutes.

Après plusieurs minutes, j'entends des pas dans le corridor et la porte extérieure qui se referme. Un torrent de larmes rejoint la saleté au fond du bain.

Après ton bref mais éprouvant passage à l'hôpital, c'est à mon tour de me faire examiner. Pour passer le temps dans la salle d'attente et éviter de croiser le regard des gens autour, je ramasse aléatoirement quelques pamphlets informatifs. Le premier s'intitule *Le brossage de dents chez les enfants âgés de moins de six ans avec un dentifrice fluoré* et nous montre un bambin blond aux yeux bleus qui ouvre la bouche devant une femme souriante tenant une brosse à dents. Nulle part on voit des mamans qui pleurent, le visage griffé, et des bébés qui hurlent, les dents encore noircies de pudding au chocolat. Nulle part je peux lire quoi faire en cas de morsures répétées lors de la routine du soir. Le genre de dépliant qui me rappelle que je ne suis jamais concernée, que ma maternité n'est pas prise en compte.

Un second pamphlet traite du dépistage prénatal de la trisomie 21. Il s'agit de deux prises de sang au cours de la grossesse qui t'indiquent si les probabilités que tu donnes naissance à un enfant qui porte un chromosome à trois pattes sont faibles ou élevées. Ce genre de test n'existe pas pour l'autisme. Je me demande parfois ce que j'aurais fait avec toi, mon lion, si j'avais appris ta différence au début de ma grossesse. Je pense que j'aurais flatté mon ventre encore davantage et avec encore plus d'amour, que j'aurais foncé tête première parce que la jeunesse, parce que la pensée magique, parce que l'espoir et toutes les choses qui nous font avancer et nous maintiennent en vie. Pour prendre une décision éclairée, c'est d'une machine à voyager dans le temps que j'aurais eu besoin. Regarder dans les yeux la

Isabelle d'aujourd'hui, presque quatorze ans plus tard: cernée, souffrante et seule dans la salle d'attente d'un médecin payé pour analyser si je suis apte à retourner au travail ou non. À l'époque, je jugeais les parents qui choisissaient d'aller de l'avant avec le test de dépistage de la trisomie en me disant que, s'ils n'étaient pas prêts à accueillir n'importe quel enfant, ils devraient s'abstenir d'en faire. C'est fou comme l'humain juge son prochain sur des sujets qu'il ne maîtrise pourtant pas. J'essaie de m'améliorer depuis que tu es là.

Alors que je m'apprête à feuilleter la dernière brochure sur les chauves-souris qui ont la rage, j'entends mon nom à l'intercom: *Isabelle Boudreau, salle numéro cinq.*

J'entre dans le bureau de celle qui me connaît depuis ta naissance. Parce qu'elle était la médecin de garde lors de mon accouchement, Jacynthe est devenue ma médecin de famille. La famille, dans ce cas précis, se résumant en ma seule personne puisque rapidement, tu as été pris en charge par un pédiatre. Jacynthe me sourit avec tendresse, attend que j'enlève mon foulard et mon manteau.

– Comment ça va, Isabelle?

Mon regard passe des livres empilés sur son bureau aux tuiles du plancher mais refuse de s'accrocher à ses yeux. Je m'attarde sur la poussière recouvrant les plinthes, sur les encyclopédies médicales dans la bibliothèque, sur les spéculums de différentes grandeurs rangés dans des contenants de plastique transparent vissés au mur. Je voudrais lui répondre tellement de choses, mais les mots restent captifs, à mi-chemin entre mon cœur et ma bouche.

Je voudrais lui dire que, depuis ton placement dans un centre de réadaptation, tout m'échappe. Que je me sens inapte dans chaque sphère de ma vie. Incompétente, inadaptée, insuffisante. J'ai l'impression que mon château est construit en sable fin et qu'il se fissure, s'affaisse et me glisse entre les doigts.

Je voudrais qu'elle sache que je suis une amie absente, centrée sur moi-même, que je n'arrive pas à m'intéresser à autre chose qu'à ce trou qui me transperce de bord en bord et laisse échapper le meilleur de ce que j'étais avant ton départ. Que j'évite mes amies pour ne pas entendre mes blessures dans la bouche des autres.

Je voudrais lui rappeler que je suis une enseignante qui a perdu toute créativité, qui n'arrive plus à se concentrer, à lire des histoires pour faire rire, à faire des câlins pour dire *bonjour, je te comprends, pour moi aussi tu es important*. Que les enfants des autres ne m'inspirent plus et ne font que me blesser davantage.

Je voudrais qu'elle sache que je suis une mère en deuil de tous les enfants qu'elle porte dans sa tête et son cœur, mais qu'elle ne portera jamais dans son ventre.

Je suis en deuil de toi, mon enfant, qui vis encore mais souffres d'un mal que je n'arrive pas à m'expliquer. Je dois maintenant composer avec le silence, le vide, l'absence de nous écoutant un film d'action le samedi soir, nous lovés sur le divan lors de tes meilleures journées, nous méditant à la lueur des flammes d'un feu allumé dans la cour arrière pour te faire plaisir. Je dois me contenter de ta présence à temps partiel, dans un autre lieu que celui qui nous ressemble, en m'inquiétant à temps plein. Je dois accepter que je suis trouée et que ça ne se réparera jamais. Je t'en veux terriblement pour ces souvenirs que l'on ne se crée plus l'un avec l'autre et aussi pour ces souvenirs violents qui resteront ancrés en moi jusqu'à ma mort.

Je suis en deuil de l'enfant qui gazouille, qui apprend à dire des mots, puis des phrases et qui fait rire ses parents parce qu'il pointe une araignée en disant *vulve noire* à la place de *veuve noire* ou parce qu'il confond le rouge-gorge avec le soutien-gorge. Toutes ces idées qui ne surgissent pas dans ta tête et ces mots qui ne se rendent pas à ta bouche.

Je suis en deuil de l'enfant qui me fait parler de lui avec fierté parce qu'il obtient sa ceinture jaune au karaté avant ses camarades, parce qu'il se démarque sur scène lors du spectacle de Noël de l'école, parce qu'il remporte la médaille du gouverneur en secondaire cinq. Toutes ces connaissances que ton cerveau juge inutiles.

Je suis en deuil de l'enfant habile de ses mains, qui lace ses souliers, joue du piano ou de la guitare, dessine des paysages au crayon de bois, puis à l'aquarelle, puis au fusain. De l'enfant que j'amène, deux fois par semaine, à ses pratiques de hockey, de soccer ou de base-ball et qui me fait crier dans les estrades comme le font mes voisins. Tous ces gestes que ton corps ne peut pas exécuter.

Toutes ces personnes tristes, ces mères incomplètes que je suis devenue. Tout ce chagrin amenuise ma nature profonde, donne un goût âcre à la vie, comme celui d'un thé infusé trop longtemps. Je ne m'émerveille plus des choses simples, comme de ma voisine qui pellette encore son entrée à quatre-vingt-dix ans ou des chansons de Richard Desjardins, pourtant sublimes. Tout me semble fade et brumeux, les petits moments n'ont plus d'importance et les grandioses meurent avant de naître. J'ai l'impression d'être au centre d'une vie que je n'ai pas choisie et qui ne me convient pas.

Je voudrais demander à Jacynthe d'endormir ma culpabilité. Je voudrais qu'elle sache qu'il n'y a pas une journée, depuis les treize dernières années, où je ne me demande pas ce que j'aurais pu faire autrement. Parce que je t'ai porté dans mon ventre, j'ai l'impression d'être responsable de ton état. Est-ce que les trois cigarettes que j'ai fumées pendant la grossesse t'ont bousillé le cerveau ? Est-ce que, si j'étais moins anxieuse, moins caractérielle, moins impulsive, tu serais un autiste plus doux ? Est-ce que tes troubles de comportement sont apparus parce que je te crie parfois dessus – parce que, oui, des fois, je perds patience ?

Est-ce que je suis un humain brisé qui n'engendrerait que des enfants handicapés ?

Je voudrais qu'elle soigne mon inquiétude qui, je pense, finira par me tuer. Je me couche, tous les soirs, avec une masse d'angoisse dans l'estomac et me réveille avec elle tous les matins. Toujours cette terreur à l'idée de te savoir seul avec la peur, seul avec la soif, la faim, la douleur, seul avec le chagrin. Je ne sais pas comment vivre ici alors que tu es là-bas.

Je voudrais lui dire que, depuis ta naissance, j'ai peur de mourir. Pas parce que je me sens malade, fragile ou que je doute de ma longévité. J'ai peur de mourir parce que je ne veux pas te laisser seul. C'est inconcevable, que tu me survives. J'ai l'impression que personne ne se souciera de toi comme je le fais. C'est si peu naturel de souhaiter la mort de son enfant avant la nôtre. Pourtant, j'ai l'impression que c'est ce qui nous causerait le moins de souffrance. C'est l'unique avenue qui me garantirait que tu ne vieillirais pas seul et abandonné. Mais ne meure pas, surtout, mon amour…

Je voudrais qu'elle sache que pour survivre, je bois et baise avec des inconnus, de plus en plus souvent et de manière hasardeuse, parce que c'est la seule chose qui me permet d'anesthésier momentanément la tristesse, les regrets, les crises d'anxiété. Je voudrais être aussi résiliente que ces femmes qui ont vécu la guerre, l'exil, la perte de leur famille tout entière. Je ne suis pas assez forte. Alors je me regarde siffler bouteille de vin sur bouteille de vin, et toucher des corps sans intérêt en me demandant combien de temps, encore.

Je voudrais lui dire tout ça, mais tout ce qui sort de ma bouche, ce sont des mots étranglés dits maladroitement :

– Ça ne va pas vraiment mieux.

Jacynthe comprend. Elle se lève et me prend dans ses bras. Je sais qu'elle perçoit à travers ces six mots toute la détresse qui m'empêche de respirer normalement. Le jour où tu m'as quittée, elle était là.

– Alors il faut prendre le temps de te réparer.

Troisième partie

On lui dit qu'elle travaille bien, que c'est presque terminé. On lui demande de respirer plus lentement. Parce qu'elle est épuisée du chemin parcouru jusqu'ici, elle a peur de ne pas y arriver.

J'ai l'impression de jouer un rôle et de faire semblant de vivre.

Je vais à la boulangerie. J'achète une baguette et deux croissants au fromage. Je pense à toi qui détestes les sandwichs. Je dis bonjour, je dis merci. Je souris sans conviction.

Je me couche dans mon lit. J'ouvre un roman. Mes yeux font l'exercice de lire, mais ton visage se superpose aux mots sur la page. Je relis les mêmes phrases plusieurs fois et me décide à fermer le bouquin. Je mets mon appareil orthodontique avant d'éteindre la lumière. Je pense à ton nettoyage dentaire sous anesthésie qui s'en vient. Je souhaite que tu aies hérité des dents de ton père.

J'appelle l'enseignante qui me remplace. Je lui offre ma planification pour la dernière étape de l'année scolaire. Je te revois derrière ces paravents dans ta classe spécialisée et dans la salle sensorielle près du tube à bulles. Je m'entends dire *il faut prioriser la fluidité en lecture* et *ce sont des enfants agréables à côtoyer.*

Je m'habille en sortant de la douche. Je choisis des vêtements en molleton pour la douceur du tissu. Je vois ces lignes blanches sur mon ventre et mes hanches qui témoignent de ton passage dans mon corps. Je les effleure du bout des doigts avant de les cacher en enfilant mon chandail.

Je m'assois devant un conseiller financier. J'absorbe des mots que je ne comprends pas mais qui te concernent, comme *régime enregistré d'épargne-invalidité*, *placements*, *fiducie*. Je signe mon nom au bas des pages qu'il me présente.

La souffrance est moins vive, mais circule dans mes veines en permanence. Même dans ton absence, tu m'accompagnes dans chaque détail du quotidien.

Elle dépose son fiston chez son père et prend immédiatement la route pour Montréal. Elle traverse le parc La Vérendrye en ouvrant les fenêtres au maximum pour laisser le vent fouetter ses cheveux. Il fait soleil, un CD de Ben Harper est inséré dans le lecteur, la route est déserte. Elle ne pense pas à lui ni à leur quotidien. Elle imagine la faune qui l'attend dans la grande ville, les bons restos, la chambre d'hôtel à elle toute seule, le métro, la chaleur du béton, la Sainte-Catherine. Elle sourit. Puis elle pense à ce rendez-vous pris sur un coup de tête avec un tatoueur sur l'avenue du Mont-Royal.

À travers les cicatrices qu'elle porte sur ses mains et ses poignets, vestiges des nombreuses agressions de son fils, elle fera graver deux cœurs. Un sur chaque poignet, là où il est possible de prendre son pouls lorsqu'on appuie avec les doigts. Elle a besoin d'un rappel visuel pour se souvenir que l'amour est là malgré les blessures. Sa carte aux trésors à elle. Deux cœurs qui lui indiquent que dans les crises, il faut parfois s'arrêter, déposer les doigts, sentir que l'amour pulse encore.

Mes amies m'ont convaincue de les accompagner à la cabane à sucre. Je les évite ces derniers mois parce que je n'ai pas appris à partager le laid, parce qu'à chacune de nos rencontres je finis par me transformer en cet être pathétique qui les place devant une réplique du mur des lamentations. Plutôt que de leur vomir ma tristesse en répétant toujours la même histoire comme une vieille sénile, je les fuis et ne réponds plus au téléphone. Lorsque tu étais à la maison, j'étais une amie indisponible. *Éli est avec moi, je ne peux pas. Éli est ici, je vais passer mon tour.* Au fil du temps, le pincement au cœur généré par toutes ces activités manquées s'est fait moins intense, plus rare. Tu étais là, avec moi, et ça me suffisait. Depuis ton départ, je ne sais pas comment redevenir l'amie que j'étais, celle absente de corps mais toujours là, à distance, pour un conseil ou une oreille attentive. Les relations humaines m'épuisent. Je me suis habituée à la solitude, malgré moi.

Je regarde les deux fils de Jasmine s'empiffrer de crêpes, de bacon, d'oreilles de crisse, de petites saucisses bien grasses, le tout arrosé d'une mer de sirop d'érable. J'observe ces magnifiques enfants, surexcités par tout le sucre ingéré, courir entre les tables, voler une patate à leur père, faire des oreilles de lapin à un monsieur qui semble vouloir être n'importe où sauf ici. Je jette un coup d'œil dehors, par la fenêtre à ma droite, et t'imagine à côté de cet érable solitaire, en retrait des autres, refusant les sucreries que l'on t'offre, mais profitant de ce que l'environnement te donne. Je te vois lever ton sublime visage vers le soleil.

La neige fond et mouille tes mitaines. L'odeur du dégel et ton rire et le chant des oiseaux et nous deux à cet instant précis.

Je suis entrée dans avril comme on se glisse dans son lit après une éreintante journée de travail. Les abus des derniers mois m'ont à la fois épuisée et donné des envies de renaissance. Après avoir subi les engelures, les frissons crispés, les routes glissantes et les dangers délibérés, je me sens, comme les bourgeons de mon pommetier qui fleurira sous peu, sur le point de m'extirper d'un coma de plusieurs mois. C'est un état qu'il m'est difficile d'accepter parce qu'au fond, rien n'a changé : tu es toujours là-bas et moi ici. J'apprends à vivre le quotidien sans nos innombrables câlins, sans tes éclats de rire spontanés et l'odeur de tes cheveux après le bain, en ayant constamment l'impression qu'il me manque quelque chose. Tu es mon membre fantôme après l'amputation.

Malgré ton absence, le temps ne s'arrête pas. Nous vivrons un autre printemps.

Après la mini-leçon, elle invite ses élèves à se livrer à l'exercice : rédiger un court poème dont les initiales des vers composent un mot choisi. Les enfants l'émeuvent et la surprennent tous les jours par leur créativité brute, sans contraintes ni artifices. Elle les trouve souvent meilleurs que les adultes pour exprimer simplement des sentiments complexes.

C'est la fête des Mères. Elle leur demande de s'exercer avec le mot *maman*. Ils bricoleront ensuite une carte pour y insérer leur poème. Après plusieurs minutes, Tommy, sept ans, lui remet sa feuille :

Mon bonheur, c'est de manger du riz
Avec toi l'après-midi
Mon bonheur, c'est les histoires de superhéros
Avant que tu me dises d'aller faire dodo
Nous fêtons la fête des Mères aujourd'hui, allons-nous manger du riz ?

Une vague. Une ondulation douce-amère prend naissance dans son ventre, s'accroche dans sa gorge. Elle s'introduit ensuite dans chaque parcelle de son corps et lui donne, à la fois, envie de rire fort et de pleurer. Ces mots d'enfant. Ces mots si bien choisis pour exprimer l'amour, la reconnaissance, la tendresse. Ces mots que Tommy a réfléchis, écrits à la main, et qu'il remettra à sa mère dans une carte qu'il a lui-même fabriquée.

Elle donnerait beaucoup de ce qu'elle possède pour recevoir, ne serait-ce qu'une seule fois, un tel cadeau.

Sur les murs de ta chambre, je colle des photos plastifiées. Même s'il est extrêmement douloureux pour moi de transformer cet endroit en quelque chose qui te ressemble, même si tout mon être voudrait poser ces gestes ailleurs que dans un centre de réadaptation, je le fais en étant convaincue que c'est la meilleure façon de nous faire cheminer.

Tu as cinq ans. Tu es là, entre ma mère et mon père qui rient aux éclats, avec une couche-culotte sur la tête et une mine patibulaire qui nous indique que la blague de ton grand-père, tu es loin de la trouver hilarante.

***

Nous sommes dans un de ces petits chemins qui mènent au chalet de mes parents. Mes tantes et mes cousines ont entrepris de t'emmener marcher sur les sentiers, en s'assurant de suivre ton rythme. La neige crisse sous les bottes et cela te fascine. À chaque cinq mètres, tu t'assois par terre, écoutes le bruit de leurs pas et les laisses prendre un peu d'avance. Un selfie familial pour la postérité.

***

C'est Pâques. Devant la table pleine de victuailles que tu ne mangeras pas, tu regardes intensément ton cousin Isaac que tu ne vois que deux fois par année et qui, malgré le malaise accompagnant en permanence ses quinze ans et ce nouveau contact avec la différence, joue au ballon avec toi.

***

Ton père. Il a dans les mains ce gros tube en plastique ondulé que l'on achète dans les magasins grande surface et qui, lorsqu'on le tourne dans les airs, émet ce genre de gémissements que font les fenêtres mal calfeutrées lorsque le vent y entre. Il place une extrémité du tube près de ton oreille droite et à l'autre bout, te chuchote des secrets. Tu le regardes en riant et tu tires sur les manches de ton pyjama vert avec des baleines à bosse, mon préféré, à l'époque.

Je constate, en collant les photos au mur, que peu de gens ont eu accès à toi. Nous nous sommes créé une bulle dans laquelle j'ai laissé entrer un nombre limité de personnes parce que je ne voulais pas te brusquer. Je n'ai pas toujours su composer avec ta différence ; j'avais peur du jugement et je n'avais pas toujours le courage d'expliquer ou d'intervenir adéquatement. Ces personnes, sur les photos, sont précieuses. Elles m'ont fait sentir moins seule. Elles t'ont permis de ne pas être seul avec moi.

La dernière photo que j'installe au mur en est une de nous deux. Nous sommes dans la cour de l'école primaire de notre nouveau quartier, en face de l'appartement où nous logeons. Nous venions tout juste de déménager, pour la troisième fois, parce que nos anciens voisins de duplex se plaignaient de tes hurlements et de tes coups de pied dans les murs. Je me souviens que ce jour-là, l'urgence de prendre l'air s'était fait sentir dès mon réveil. C'est le printemps de tes dix ans, les arbres sont nus et les derniers tas de neige fondent au soleil. Nous sommes assis face à face sur une balançoire à bascule et nous nous regardons dans les yeux. J'utilise la force de mes jambes pour créer ce parfait équilibre entre nous, pour que la planche qui nous accueille en ses extrémités trouve son point de gravité et reste parfaitement droite. Cette photo m'apaise et je choisis de la placer au-dessus de ton lit pour que, peut-être, elle influence tes rêves. Pour que, peut-être, tu me permettes à nouveau de créer l'équilibre entre nous.

Je suis entrée dans un lit qui sentait la vanille. Carla, une vieille connaissance bi-curieuse, cherchait depuis quelques années des occasions pour m'inviter à prendre un café. À l'heure de l'apéro, j'ai reçu un texto : *Hey! On profite du dégel ensemble ? J'ai un p'tit rouge léger à partager. Je t'invite dans ma véranda.*

J'ai regardé mon cellulaire en soupirant. J'étais lasse des histoires qui ne mènent qu'au lit. En même temps, je n'avais pas l'énergie d'alimenter quoi que ce soit qui pourrait m'amener ailleurs que sous des couvertures.

J'ai eu envie de me mettre belle. J'ai choisi mon jean noir qui me fait des fesses rebondies et un T-shirt de Pink Floyd que j'ai noué à la taille. J'ai remonté mes cheveux en chignon en laissant tomber quelques frisettes ici et là. Je me suis regardée dans le miroir en me promettant d'éviter les conversations qui te concernent. J'ai besoin de faire semblant que tout est normal.

En me dirigeant à pied vers la maison de Carla, j'ai choisi le chemin le plus long. Peux-tu croire, Éli, que j'ai maintenant la possibilité d'aller marcher, boire, manger et baiser à toute heure du jour et de la nuit ? J'ai souri.

La soirée a été sympathique. J'avais oublié à quel point cette fille était verbomotrice. En quelques heures, j'en savais plus sur la façon de cuisiner du pain maison, la reproduction des lézards, le suicide de Kurt Cobain et les histoires de cul du voisinage que sur elle-même. Carla, en temps normal, me taperait solidement sur les nerfs, mais ce soir, elle était parfaite pour m'occuper l'esprit. Après deux bouteilles de rouge pas si léger que ça, elle s'est approchée et a pris mon menton entre ses doigts. Je l'ai laissée faire en glissant juste un peu ma langue à l'intérieur de sa bouche.

Elle m'a prise par la main et m'a entraînée jusque dans sa chambre. Elle m'a déshabillée, lentement et en silence, en me regardant dans les yeux. Je l'ai trouvée belle. J'ai eu envie de lui demander si elle voyait mes cicatrices, s'il y avait quelque chose de tangible qui témoignait de ma souffrance depuis que tu es parti. Mais je me suis tue. Elle a parcouru du bout des doigts mon corps nu, sans jamais enlever ses vêtements. Je l'ai laissée me coucher sur son lit, mettre sa tête entre mes cuisses, me faire jouir. C'est bizarre de te raconter ça, mon fils, mais j'ai eu mon plus gros orgasme de la dernière année. Le seul, peut-être. Quand elle s'est endormie, je me suis levée discrètement et je suis repartie, toujours à pied et avec le même sourire sur le visage. J'ai pris mon cellulaire et j'ai écrit : *Merci Carla. Ce soir, c'était la première fois depuis plusieurs mois que je ressentais quelque chose qui me fait du bien. On dirait que je viens d'atterrir dans mon corps.*

Je vous invite à commencer la séance en posture assise. Fermez les yeux. Prenez un moment pour vous déposer à l'intérieur de vous-même. Inspirez par le nez.

Elle n'a pas assez de souffle pour se vider de tout ce qu'elle vit. Elle a peur de tout lâcher et d'expirer accidentellement ce qu'il lui reste de courage.

Elle inspire.

Les vacances d'été qui arrivent. Les fous rires de son fils. Un café au lait extra-mousse. La corde à linge.

Elle expire.

Les rigidités qui envahissent leur quotidien. Le banc de neige devant la voiture. Tous ces services essentiels qui manquent et la placent dans une situation d'urgence, jour après jour.

Elle inspire.

Les plants de framboises dans leur cour au sud. Du linge mou. Une bouteille de Raisins gaulois avec une copine. Ou pour elle toute seule.

Elle expire.

Ses crises de panique qui engendrent des visites gênantes à l'urgence. Ses deuils qui n'en finissent plus.

Formulez maintenant une intention. Qu'êtes-vous venu chercher pour vous-même dans ce cours de yoga ?

Juste avant, elle est allée le reconduire chez son père pour la fin de semaine. Lorsqu'elle a placé la minuterie sur la cuisinière, il a su. Il a commencé à s'agiter en grognant et en tentant de la griffer. Il s'est fait une cabane anti-transition avec les coussins du salon.

Elle l'a habillé pour affronter l'interminable hiver abitibien : pantalon de neige, bottes de poil, cache-cou, mitaines, tuque et manteau. Toujours dans cet ordre. Après, une fois assis dans la voiture, il a fait la même crise qu'hier et avant-hier. La même depuis les dix dernières années. Il a crié plusieurs fois en frappant avec son bras dans la portière droite, celle qu'elle a coussinée avec un vieux matelas en mousse pour éviter qu'il ne se blesse et casse la fenêtre. À chaque feu rouge, il a donné des coups de pied dans sa direction. Ses douze ans de jambe ne se rendent pas encore à elle, mais presque. Ses hurlements, qui remplacent les mots qui n'arrivent pas à sa bouche, n'ont jamais cessé. Ils ont transpercé le plexus de sa mère, ont fait une pause au centre de son cœur et sont venus lui embrouiller le cerveau. Elle lui a crié d'arrêter et a conduit les yeux fermés quelques secondes en se maudissant d'avoir crié. Elle s'est résignée à se mettre des bouchons d'oreille qui étouffent les ronflements et les bruits d'enfants autistes. Elle l'entend, mais elle ne le comprend pas, lui, son grand amour.

Donnez du temps à votre corps pour qu'il s'échauffe. Faites des cercles avec votre menton. À gauche.

Il ne faut pas qu'elle oublie d'acheter du fromage et du gruau.

À droite.

Elle se demande si une application pour calculer son cycle menstruel existe. Faire des cercles avec sa tête lui donne envie de pleurer.

Gardez et chérissez votre intention de départ, sans jugement. Dans la position du chat, laissez-la grandir en vous et évoluer.

Elle veut posséder le moment présent. Elle le mérite. Elle a besoin de prendre une pause de lui. Une pause d'elle qui prend soin de lui, aussi. Il est parti pour quatre jours, ça lui donne le temps de soigner les griffures sur ses poignets et son cœur. Ce répit qu'elle voudrait garder jalousement, elle le prendra à préparer son retour. Elle cuisinera des plats qui ne se mangent pas avec les mains, mettra de l'essence dans la voiture, appellera son pédiatre et le département d'ophtalmologie à Sainte-Justine, lui achètera du bain moussant.

Dans la position de la montagne, nous commencerons notre flow *par des salutations au soleil. Inspirez, les mains vers le haut. Expirez et plongez.*

Les bras dans les airs, elle réalise qu'elle a oublié de passer la commande pour les couches.

Elle inspire.

Elle regrette ces années où elle était encore capable de le prendre dans ses bras, ces années où elle apprivoisait sa différence avec fougue et détermination. Elle était jeune et pleine de confiance, se tirait au tarot et croyait aux vies antérieures. Maintenant, elle est encore jeune, mais moins naïve face au chemin qui est le leur. Elle ne l'accepte pas, mais essaie d'y semer un grand nombre de fleurs et d'arbres à fruits. Son sourire et leurs rares moments de tendresse lui donnent la force d'affronter ce qui est. Elle se demande si c'est ça, la résilience.

Elle expire.

Elle pense aux rencontres avec son psychologue qu'elle remet constamment. Est-ce que se lamenter devant un inconnu payé pour l'écouter améliore réellement les choses ?

Bébé cobra.

La réincarnation. Partant du principe qu'une âme revient sur terre pour expier des fautes commises dans des vies antérieures, elle se dit qu'elle a probablement mis sur le bûcher un certain nombre de sorcières.

Inspirez. Jambe droite devant. Guerrier un.

Il s'automutile sévèrement. Il se frappe la tête sur le sol. Il se donne des coups de poing sur les hanches, juste au-dessus des fesses. Cela dure plusieurs minutes et aucun mot, aucune caresse n'arrivent à l'apaiser. Elle doit le regarder se blesser jusqu'à ce que le sang perle sur son corps, en gardant son calme, en étant rassurante. Elle ne sait pas comment faire ça. Elle ressent ses blessures. Elle perd ses cheveux. Elle a tellement mal pour lui, pour eux.

Jambe gauche derrière. Maintenez la planche pour trois respirations.

Elle rêve d'un bain chaud, d'un massage et d'un voyage en Italie.

Chien tête en bas.

L'école se termine dans quatre mois et ils pourront enfin se coller au soleil dans le gazon mouillé à côté de l'indispensable pataugeuse qui l'amuse été après été. Ils mangeront du gruau et du fromage jusqu'à pas d'heure et feront voler ces serpentins qui le fascinent. Ils réapprivoiseront la proximité jusqu'à ce qu'elle puisse flatter ses cheveux devant un film. Elle ferme les yeux et souhaite ardemment qu'il aille mieux cet été.

Pour terminer la séance, je vous invite à adopter la posture du cadavre : savasana. La colonne vertébrale est longue et les paumes sont tournées vers le ciel. Le corps est complètement détendu. Soyez fier de vous, de ce moment dans la journée où vous vous êtes choisi.

Les larmes coulent sur ses joues et de petites flaques se forment dans ses oreilles. Elle n'a pas réussi. Elle a oublié son intention. Elle n'arrive plus à vivre sa vie à elle, sans constamment penser à lui. Elle voudrait tant lui donner les mots qui les mettraient en relation. Elle voudrait éliminer les bruits soudains et les lumières vives. Elle ne sait pas comment lui éviter encore plus de souffrances que celle de vivre dans un monde qui ne lui ressemble pas.

Om.

Hier, j'ai sorti ma valise poussiéreuse du hangar dans un mélange d'excitation et de ressentiment. Il y a si longtemps que je n'avais pas quitté notre nid, si longtemps qu'à l'invitation spontanée d'une copine j'ai pu répondre *oui*. En multipliant les efforts pour ne pas entendre cette petite voix diabolique qui me mettait en garde contre tout ce qui pouvait m'arriver pendant ce court séjour dans les Laurentides, j'ai bouclé ma valise et sauté dans la voiture d'Ève, aux côtés de Jasmine et Sophie.

Sur la route, nous avons mangé et échappé des Glosettes au fond de l'auto, chanté des chansons vulgaires comme *La p'tite grenouille* d'André Guitar, raconté nos pires et nos meilleurs *one nights*, rêvé sur les projets que nous réaliserions après avoir gagné plusieurs millions de dollars; nous avons profité de l'intimité qu'offrait l'espace réduit de la voiture pour nous retrouver. Ça m'a fait du bien de les entendre se raconter, elles, et de ne pas prononcer ton prénom une seule fois. En six heures, je crois avoir eu deux ou trois brèves pensées pour toi, aussitôt remplacées par un sujet croustillant ou une blague douteuse, comme si mes amies savaient exactement quand il était nécessaire de m'étourdir. Le plus difficile, c'est encore de chasser cet incontrôlable sentiment de remords qui m'assaille à chaque éclat de rire.

Nous voilà donc, depuis vingt-quatre heures, devant le feu de foyer de notre condo loué pour l'occasion ou dans le spa qui bouillonne sur le patio. Plus jeunes, nous aurions profité de ce voyage pour nous étourdir dans les bars et les restaurants sans prendre le temps d'être véritablement ensemble. La différence aujourd'hui, c'est que nos obligations, nos enfants, nos histoires d'amour et tout ce que cela implique nous amènent à provoquer les dépaysements pour arriver à prendre soin de nous et à être réellement connectées les unes aux autres.

Quand je regarde mes belles amies, sincères et à l'écoute, la première chose à laquelle je pense, c'est qu'il y a des femmes seules qui vivent ce que nous vivons, Éli. Des femmes qui n'ont pas de parents ou de proches avec qui réfléchir, pleurer, hurler de douleur. Il y a des mères qui, comme moi, ont le sentiment d'abandonner leur enfant sans personne pour leur mettre la main sur l'épaule, leur faire à souper, leur dire que ce n'est pas un abandon, qu'elles font de leur mieux. Je pense sans arrêt à l'isolement et à la détresse psychologique de ces femmes, et je me demande comment elles font pour rester en vie.

Les joues rougies après quelques verres de bulles, Sophie me demande en riant :

– As-tu toujours l'application Tinder ? Peut-être que l'homme de ta vie, c'est notre voisin d'en dessous…

– Laisse faire. Je vais me contenter de vous autres pour ce soir.

Hilares, nous levons nos verres à l'amitié.

C'était fini depuis un certain temps entre le père de son fils et elle. L'enfant est né et ils ont, en même temps, perdu tous les sujets de discussion qui les animaient. Avant lui, ils rêvaient de voyages dans une caravane trop chère pour eux, de baignades dans les bains chauds d'Islande et de randonnées sur les routes des vins du Québec. Ils philosophaient sur le tapis à poils longs du salon, buvaient beaucoup de vin rouge, et perdaient du même coup leurs vêtements et leur inhibition. Depuis qu'il est là, petit bonhomme aux billes bleues, ses parents ne parlent plus que de lui, des biberons tièdes, des cacas trop durs ou trop rares, du savon hypoallergénique, des chansons pour l'endormir.

Il était un petit navire qui n'avait ja-ja-jamais navigué...

Puis ils ont remarqué son corps un peu mou, son regard fuyant, sa différence de plus en plus évidente. Ils ont multiplié les visites chez le médecin, le pédiatre, le naturopathe, l'ergothérapeute.

Un matin, il lui a touché un sein et elle s'est sentie agressée. Elle a eu l'impression d'être couchée à côté d'un inconnu. Ils ont essayé de redonner vie à leur couple, en faisant garder l'enfant chez ses grands-parents, pour aller manger au restaurant. Ils ont sifflé deux bouteilles de vin rouge, comme avant, mais n'ont parlé que de lui, juste de lui, comme si rien d'autre n'existait dans leur vie. Ils se sont dépêchés de finir leurs steaks trop cuits pour aller le rejoindre.

Puis, un jour, il lui a dit *j'ai besoin d'un break* et il est parti une semaine dans le Sud avec des amis. Il est revenu une semaine plus tard avec un cadeau acheté à l'aéroport et des photos louches de Québécoises rencontrées là-bas.

Elle a fait ses valises et lui a laissé la moitié du peu qu'ils partageaient sans trop d'explications parce que c'était clair comme un reflet dans le miroir : ils ne s'aimaient plus.

Ouvrir la portière. Faire démarrer la voiture. Appuyer sur *play*.
Hier me paraît bien loin, il me semble
Pris dans l'impasse qui est la nôtre
Noranda. La route 117. La côte Joannès.
Combien de temps peut-on tenir la distance
Sans que les fusibles nous sautent
Cadillac. Rivière-Héva. Amos. Toi.
Un jour, nous marcherons à nouveau ensemble
Ensemble parmi les autres

Je suis arrivée chez toi par surprise, sans m'annoncer au téléphone. Julien me croise dans le corridor et me dit que tu es dans la cour extérieure. Je m'installe au salon principal de ton unité, là où je peux t'observer discrètement, par la fenêtre. Tu profites du temps doux entre les murs barbelés. Les femmes qui s'occupent de toi t'ont coupé les cheveux d'une façon douteuse, sans égard pour tes rosettes derrière la tête, et du même coup, ont anéanti cette coupe de surfeur qui te rend irrésistible et que je m'applique à parfaire depuis tant d'années. D'autres mains que les miennes ont touché ta crinière. Je ne l'accepte pas, mais garde pour moi ce deuil supplémentaire.

Une jeune employée veut te faire découvrir les balançoires. *Viens, Éli!* Elle te fait signe de la suivre. Bonne chance. Je suis convaincue que tu ne répondras pas à son invitation. La seule fois où tu as voulu essayer les balançoires au parc près de la maison, tu as eu mal au cœur et tu as hurlé pour retourner au sol.

Tu te lèves, te diriges vers elle et lui prends la main. Tu t'assois dans la balançoire et acceptes qu'elle te pousse. Mon cœur se serre pour une seconde fois. Te voir faire avec quelqu'un d'autre ce que tu as toujours refusé de faire avec moi provoque un raz de marée d'émotions contradictoires. À chaque poussée, je t'entends rire et crier *Encore!* avec une voix qui me semble plus grave, plus assumée. C'est la première fois que je t'entends rire depuis les six derniers mois, que je vois sur ton visage autre chose que de la détresse, de l'incompréhension ou de la peur. Des larmes coulent sur mes joues et une main se dépose sur mon épaule. Julien se place près de moi et me dit doucement:

– Je te présente Marie-Soleil. C'est une jeune préposée qui a peu d'expérience, mais elle est ici pour les bonnes raisons. Elle fait son travail avec beaucoup d'amour. Ton Éli s'est entiché d'elle et la suit partout. Je pense qu'il la trouve rassurante. Il collabore davantage avec elle qu'avec toutes les autres employées. Elle peut même écouter un film avec lui dans sa chambre, avant qu'il s'endorme.

Ce qui me saute soudain au visage, c'est à quel point tu as grandi. Je n'ai pas vu arriver l'adolescent en toi. L'autre jour, en t'enfilant un chandail, j'ai remarqué du poil sous tes aisselles. Comment c'est possible? Tu n'en avais aucun à ton arrivée au centre de réadaptation. Je réalise aussi que je t'ai maintenu dans l'enfance sans me préoccuper de ton besoin de t'émanciper, de prendre des décisions, d'avoir l'impression d'exercer un certain contrôle sur ta vie. Ce cordon imaginaire qui me relie à toi, je réalise aujourd'hui que tu tentes de le briser. Tu n'as jamais eu les mots pour me dire *maman, tu m'énerves, je déteste ce chandail, je n'aime pas le saumon sauce florentine finalement*. J'ai toujours choisi, pensé et parlé pour toi, en voulant le meilleur, bien entendu, mais en niant sans m'en rendre compte tes envies réelles. Est-ce que c'est pour ça, Éli, que tu es parti en appartement avec des colocataires qui te ressemblent?

Marie-Soleil t'offre cette liberté. À voir la tendresse dans son regard lorsqu'elle pose les yeux sur toi, la douceur de ses mouvements alors qu'elle te pousse sur la balançoire, je ne peux faire autrement qu'être heureuse de cette présence dans ta vie, même si, à l'intérieur de moi, quelque chose se brise.

Il a six mois. Elle tient son biberon lorsqu'elle le nourrit, elle change ses couches, le chatouille, le berce pour l'endormir. Elle va chez le pédiatre et chez l'ergothérapeute. Elle le bécote, introduit les fruits dans son alimentation, prend sa température, lui dit *je t'aime*. Elle s'entraîne pour perdre du poids, discute avec le père de l'enfant. Elle dort d'un œil.

Il a trois ans. Elle rend lisse tout ce qu'il mange, l'aide à s'asseoir, s'assure qu'il fasse les exercices prescrits par le physiothérapeute, le fait rire avec des ballons gonflés à l'hélium. Elle change ses couches, va à Sainte-Justine, lui donne son bain. Elle caresse ses cheveux blonds.

Il a quatre ans. Elle change ses couches, l'habille pour affronter l'hiver, le console après les repas. Elle le prend dans ses bras à chaque déplacement, l'emmène à la garderie, le ramène à la maison parce qu'il vomit. Elle le traîne chez le dentiste, lui lave le corps et les cheveux, lui chante des chansons pour l'endormir. Elle se sépare.

Il a six ans. Elle écoute *Passe-Partout*, le fait manger, lui dit *je t'aime*. Elle le prend dans ses bras, l'emmène à l'école, le ramène à la maison parce qu'il fait une crise. Elle joue au ballon, lui coupe les ongles, l'entend hurler, change ses couches. Elle reste à la maison le vendredi soir, prend rendez-vous avec l'orthophoniste. Elle souffre d'insomnie.

Il a huit ans. Elle joue au ballon, cuisine des plats en sauce, lui caresse les cheveux, le lave, lui coupe les ongles, se fait griffer. Elle l'habille, va le porter à l'école, enseigne à d'autres enfants, souffre d'insomnie. Elle change ses couches.

Il a dix ans. Elle reste à la maison le samedi soir, écoute *Passe-Partout*, le rassure après les crises. Elle fait virevolter des serpentins, change ses couches, lui demande de manger seul, se fait griffer. Elle lui donne son bain, lui coupe les cheveux, le regarde se frapper. Elle se rend chez le psychologue.

Il a treize ans. Elle fait virevolter des serpentins, change ses couches, panse ses plaies. Elle le fait manger, l'emmène à l'école, rebrousse chemin parce qu'il fait une crise, lui dit *je t'aime*. Elle souffre d'insomnie. Elle court aux urgences.

Après m'avoir vue pendant de longs mois m'engourdir de toutes les manières possibles, mes amies et ma médecin ont tenté de me convaincre de retourner voir mon psychologue des dernières années, Jean-Louis. À quoi je répondais toujours que *ça ne sert à rien, il ne fera pas revenir mon fils.* Je n'étais pas prête à parler de nous, mon lion. Comme si le fait de mettre des mots sur ce qui nous arrive, de raconter l'impossible venait confirmer ce que je refuse encore : la distance entre nous.

Ça faisait longtemps que je ne m'étais pas assise sur le divan en cuir brun de Jean-Louis, dans cette pièce chaleureuse aux odeurs de santal et de patchouli, entre un citronnier sans citron et un bonsaï nain. Jean-Louis possède plusieurs informations sur moi depuis ta naissance : nos nombreux défis, les hommes qui sont partis en courant, les femmes rencontrées à l'épicerie, mon anxiété, mon travail d'enseignante qui me stimule et m'épuise en même temps. Et ce matin, peut-être parce que depuis peu je sens quelque chose se transformer à l'intérieur de moi, que je n'assume pas ce nouveau sentiment d'avoir envie de vivre malgré tout, j'ai appelé. Sa secrétaire a peut-être perçu une urgence dans ma voix parce qu'elle m'a dit : *Nous avons une annulation à treize heures. Est-ce que ça te convient ?*

Jean-Louis est spécial. À chacune de nos rencontres, il ne me fait pas parler d'entrée de jeu de ce que je pense être une priorité. Il contourne, fait des détours, provoque. Même si une part de moi déteste ça, je dois admettre que la majorité du temps, j'ai l'impression de réellement réfléchir. Alors aujourd'hui, lorsqu'il s'est prêté à ce jeu, j'avoue avoir ressenti un soulagement parce que ça retardait le moment où j'allais devoir nous raconter.

– Isabelle, te considères-tu marginale ?

Je l'ai regardé en soupirant, faussement blasée de cette technique redondante.

– Je pense pas. Je voudrais tellement que ma vie soit simple. Tu sais, un chien, une piscine, un chum ou une blonde qui rénove le sous-sol, des enfants qui se querellent à l'heure du souper, juste assez d'argent pour me sentir en sécurité. Une vie en ligne droite, avec quelques courbes qu'on peut voir venir et qui la rendent juste assez stimulante. C'est pas ce qui s'est passé, mais je l'ai pas choisi. Ça m'est tombé dessus, cette vie atypique.

– Mais tu as un enfant différent. Tu aimes les hommes et les femmes. Ça fait des années que je t'écoute parler de tes élèves avec passion, comme si tu étais leur propre mère. Tu attires les gens créatifs. Tu as un goût prononcé pour la fête. Es-tu en train de me dire que tout ça, ce n'est pas toi qui le provoques un peu ? La vie plate que tu viens de me décrire, tu crois réellement qu'elle te plairait ? Comme devoir, je te demande de réfléchir à la marginalité cette semaine. On en parlera lors d'une prochaine rencontre.

À ce moment-là, je ne lui ai pas dit que réfléchir à la marginalité était probablement la dernière affaire à placer dans mon emploi du temps et qu'il était fort probable que cette rencontre soit la dernière parce que je regrettais déjà de m'être peinturée dans le coin. Je lui ai répondu, toujours en évitant le sujet principal de ma visite :

– Audrey m'a quittée. Pour sauver sa peau, je pense. Je détestais de plus en plus la personne que j'étais dans notre relation. Elle s'est probablement tannée de mon anxiété et de ma mauvaise humeur perpétuelle. Je la comprends, c'est lourd, s'investir dans une relation qui va pas où on veut. Ce qui est bizarre, c'est que je m'en fous. Je me sens figée en dedans, comme si on avait coulé du béton sur mes organes vitaux. Je suis pas conne. Je le sais que c'est parce que je ne suis plus capable de m'adapter aux épreuves, que c'est sûrement un mécanisme de défense que mon corps s'est donné pour tenir le coup.

Jean-Louis n'a rien dit. Il m'a regardée, a croisé les jambes en attendant la suite. J'ai vu dans ses yeux les questions qui fusaient, ce déséquilibre que je créais en évitant d'aborder ce qui me blesse le plus. Il m'a laissée meubler le silence en parlant d'Audrey et au bout de dix minutes environ, il m'a lancé :

– Ce n'est pas cette histoire que tu es venue me raconter, Isabelle. Désires-tu qu'on prenne un deuxième rendez-vous tout de suite ? Parce qu'à ce rythme-là, tu vas repartir d'ici en me parlant de tout sauf de ce qui t'amène.

Je me suis raidie. J'ai serré les dents. Puis j'ai réussi à murmurer :

– Mon fils est parti de la maison.

J'ai laissé le silence prendre toute la place, et j'ai poursuivi :

– J'ai dû me résigner à le parquer dans un centre à une heure et demie de chez nous. Le placer, comme on dit. Ça fait six mois. Six mois que j'ai l'impression de respirer dans une paille et que je développe des orgelets à force de pleurer. Je passe la majeure partie de mon temps à regarder le mur de mon salon en me disant que je vais finir par me réveiller, que c'est une mauvaise blague. Comment je fais, maintenant, pour envisager la suite sans lui ? J'ai l'impression d'être prise dans une tempête de marde, de voir s'écrouler tout ce que je m'applique à bâtir depuis les dernières années. Est-ce que c'est vrai, que le temps arrange les choses ? J'ai l'impression qu'il les adoucit, peut-être un peu, mais que le temps qui passe n'arrange rien. Le manque est toujours là, la tristesse aussi.

– Je suis désolé de ce qui t'arrive, Isabelle. Les deux personnes qui prenaient le plus de place dans ton quotidien t'ont quittée, presque en même temps.

J'ai ressenti, à l'écoute de cette dernière phrase, une grande fatigue qui m'a donné envie de me lancer du haut d'une falaise, les yeux fermés, les bras en croix. Et presque simultanément, une pointe de remords s'est coincée dans ma gorge.

– Une partie de moi a envie d'aller mieux. Ce matin, avant de prendre rendez-vous avec toi, j'ai ouvert les rideaux de ma chambre et j'ai ressenti un léger sentiment de bien-être. Le vent dans les arbres, la neige qui fond, la nature qui se réveille. C'est le printemps, ça me donne envie d'aller marcher, de prendre de grandes respirations. Mais les microsecondes d'apaisement que j'éprouve se transforment aussitôt en tristesse. Ça frôle l'indécence, d'être heureuse. Je me sens coupable pour chaque sourire, chaque sentiment positif qui monte en moi. Cette situation-là, avec mon fils, j'ai l'impression que ça m'enlève le droit au bonheur. Je veux pas être heureuse sans lui, je peux pas.

– Et tu crois qu'être malheureuse sans lui, c'est mieux ? Tu penses qu'Éli préfère être accompagné d'une mère triste ? Qu'il se sent délaissé parce que tu te permets, à l'occasion, de sourire ?

Je sais bien que non. Mais dans la souffrance, j'ai moins l'impression de t'abandonner que dans la joie. Comment pourrais-je accepter les petits bonheurs quotidiens alors que tu souffres à deux cents kilomètres d'ici ? J'ai l'impression de te laisser tomber parce que c'est la première fois depuis ta naissance que j'ai l'occasion de me choisir, même si c'est juste pour aller prendre une bière pendant un cinq à sept ou m'asseoir au cinéma avec un popcorn. Faire quelque chose dont j'ai envie, spontanément, sans ravaler et dire que je ne peux pas parce que tu es à la maison.

– Je me surprends parfois à rêver d'une autre vie. Déménager dans une autre ville, un autre pays, où personne me connaît. Faire du travail humanitaire en Afrique. M'acheter une Westfalia et partir sur la côte Ouest des États-Unis, descendre en Amérique centrale, me construire une cabane et y finir mes jours. Comme si Éli existait pas.

C'est à l'écoute de ces vies inventées que Jean-Louis m'a demandé, en souriant :

– Et tu veux me faire croire que tu n'es pas marginale ?

J'ai quitté son bureau avec moins d'enflure au cœur, une envie nouvelle et plus assumée de vivre, malgré tout. Comme si Jean-Louis m'avait donné la bénédiction que j'attendais, qu'il m'avait fait réaliser que, pour bien t'accompagner, je devais aussi prendre soin de moi. Notre discussion m'a fait réaliser que, pour survivre, je dois m'occuper les mains et l'esprit, faire quelque chose qui me nourrit en dehors de toi.

Mes élèves me manquent, Éli. Penses-tu que c'est correct, si je retourne m'occuper des enfants des autres ?

Elle quitte avec lui la chambre d'hôpital qui les accueille depuis plusieurs jours. Elle peut voir la lymphe qui suinte de ses blessures, les endroits clairsemés sur son crâne, où il s'est arraché les cheveux, et les os de ses hanches encore plus saillants que d'habitude. Il a perdu beaucoup de poids. Elle le convainc de la suivre jusqu'à la baignoire surélevée, dans la pièce adjacente à leur chambre. Elle fait couler l'eau, juste assez chaude.

Elle évite de parler.

Ou de chanter.

Ou même de le regarder.

Doucement, elle lui présente la main pour l'aider à se hisser dans la baignoire. Aussitôt assis dedans, il s'immerge complètement, se laisse flotter à la surface de l'eau. Elle le laisse ainsi plusieurs minutes avant d'entreprendre de le laver ; elle sait qu'il le vivra comme une agression.

Tendrement, elle lave son corps en évitant les blessures et, plusieurs fois, change l'eau du bain, devenue rouge.

Dans la file d'attente d'un service à l'auto, je patiente dans l'espoir de commander ce café corsé qui me maintiendra les yeux ouverts pendant le trajet pour te rejoindre. Alors que je fouille dans mon sac pour trouver mon portefeuille, je lève les yeux et je vois Audrey sur le trottoir d'en face. Je l'espionne, cachée derrière le volant : elle illumine la rue Gamble de son habituelle prestance.

Elle est belle. Ses cheveux sont longs et semblent plus clairs. Elle porte un manteau jaune moutarde que je ne lui connais pas et une écharpe noire. Du bout du pied, elle pousse distraitement des cailloux dans la rue en parlant au cellulaire avec quelqu'un qui visiblement la fait rire. Il me semble entendre le son cristallin de ses éclats de voix jusqu'ici. Puis, alors qu'elle termine sa conversation, une jolie rouquine arrive par-derrière et l'embrasse dans le cou en lui enlaçant la taille. Il serait faux de te dire que je ne ressens rien, Éli. Mon psy serait content d'entendre ça.

Audrey se retourne, prend à pleines mains le visage de la belle inconnue et l'embrasse sur la bouche, en ne se pressant pas, comme si elle croquait dans un fruit parfaitement mûr. Elles s'éloignent ensuite vers le centre-ville en parlant et en gesticulant. Je vois comment Audrey la regarde. Ce sont des yeux que je connais bien.

Malgré les pincements, je ressens presque un soulagement de la voir heureuse autrement, épanouie avec quelqu'un qui semble mieux se synchroniser à ce qu'on appelle le bonheur.

J'entre dans l'école au son de la cloche, en même temps que mes élèves. J'ai fait le grand saut après ma rencontre avec Jean-Louis : revenir au boulot pour sauver ma peau, faire autre chose que des allers-retours entre le centre de réadaptation et notre maison, à pleurer dans ma voiture, manger dans ma voiture, faire de l'anxiété dans ma voiture. J'ai senti que le moment était venu de choisir entre :

A : prendre des pilules pour l'éternité ;

B : me pendre à un de ces arbres dans la cour arrière, où est accroché le hamac qui te berce l'été ;

C : me donner la chance de penser à autre chose qu'à toi entre huit et seize heures.

J'espère que tu ne m'en veux pas de te laisser moins de place dans ma tête. Tu en as tout autant dans mon cœur, je t'assure. Certaines personnes, généralement celles qui ne me côtoient pas régulièrement, m'ont dit que c'était trop rapide, que je devais laisser le temps faire son œuvre. Mais je n'ai pas la force d'attendre que le temps passe.

Pendant ma surveillance à la récréation du matin, où j'ai dû utiliser du savon à vaisselle pour dégager la tête d'une fillette coincée dans le rack à vélos, j'ai pensé à toi qui fréquentais une école l'an dernier, avec des enfants qui te ressemblaient, qui t'aidaient à grandir et auxquels tu pouvais t'identifier. T'ennuies-tu, des fois ? Tes colocataires actuels sont tous plus vieux que toi et je me demande si tu te reconnais en eux ou s'ils te font peur. Pendant mon projet d'art plastique, qui m'a convaincue que le maniement du pinceau dépasse largement les compétences motrices de mes élèves de six ans, j'ai encore pensé à toi, la face beurrée de yogourt. Tu manipules la cuillère aussi aisément qu'ils utilisent le pinceau.

Un bourdonnement sourd de cris d'enfants qui enlèvent maladroitement leurs pantalons imperméables et leurs bottes m'indique que l'heure du lunch se termine. Gestion des bas mouillés, des nez qui coulent et des boîtes à lunch oubliées au gymnase. Mégane, sept ans et pas toutes ses dents, s'approche de moi, le visage en larmes :

– Madame Isabeeeeeeelllle ?

– Qu'est-ce qui se passe, ma grande ?

– Océane-Rose m'a traitée de patate !

– Oh ! Et ça te fait pleurer, les patates ?

– C'est pas vrai que je ressemble à une pataaaaaate, bon !

À ce moment précis, mon esprit se divise en deux parties plus ou moins égales. La première moitié est amusée et empathique ; Océane-Rose a des croûtes à manger avant d'être la reine des insultes. Une patate, *come on*, Océane-Rose. Je pourrais leur enseigner la démarche de résolution de conflit, en jouant le rôle du médiateur et en modélisant toutes les belles stratégies qu'elles devraient intégrer de façon à garnir leur coffre à outils. Mais l'affaire, c'est qu'il y a l'autre moitié de mon esprit qui bouillonne, qui hurle, qui a envie de leur crier d'arrêter de me déranger pour des niaiseries. Je pense à tes problèmes, qui sont plus grands que tous les champs de patates du pays réunis, et je trouve ça tellement injuste. Le sais-tu, Mégane, qu'il y a des enfants qui naissent avec un cerveau différent, un cerveau qui n'apprend pas comment s'essuyer les fesses ou mettre des pantalons tout seul ? Un cerveau extraterrestre qui empêche son propriétaire de dire *j'ai chaud, je t'aime, j'ai mal, on mange quoi pour souper ?* Le sais-tu, Océane-Rose, que certains enfants n'auront jamais d'amis ? Qu'ils ne savent pas comment jouer au ballon, à la maman et au papa, à la tag policière ? Que leur seule manière de nous dire qu'ils sont tristes, c'est de se frapper la tête contre un mur jusqu'à ce que l'endorphine sécrétée par la douleur les soulage ?

Je prends une grande respiration en fermant les yeux pour rester professionnelle. Parce qu'elles ont sept ans et qu'elles ne peuvent pas comprendre ma tempête intérieure.

– Océane-Rose, tu dois penser à un geste réparateur pour Mégane. Tu lui as fait de la peine en l'insultant. Trouve un moyen pour qu'elle te pardonne. De ton côté, Mégane, j'aimerais que tu verbalises à ton amie comment tu t'es sentie lorsqu'elle t'a traitée de patate. En parler fait du bien.

Après cet accompagnement thérapeutique improvisé, nous entrons en classe. Je commence la leçon en leur faisant pratiquer le bruit des lettres et reconnaître les sons à l'intérieur des mots. L'enseignement est un art que je m'applique à parfaire à toutes les minutes de la journée, malgré une grande fatigue qui m'assaille dès que j'ouvre les yeux le matin. Ça me donne l'impression d'être compétente dans quelque chose, de ne pas avoir manqué mon coup, là aussi. Quand j'accompagne, soutiens, construis ou quand je rassure un enfant, j'ai l'impression de te retrouver un peu. Je sais que ce n'est pas logique, mais ça me réconforte de savoir que je peux faire une différence dans leur vie. Peut-être parce que, dans la tienne, j'aurais aimé que mon aide se solde par autre chose que ton départ. Alors lorsque le petit Lucas, le lundi, ne distingue pas le bruit que fait la lettre *F* de celui que fait la lettre *V*, et qu'il aura encore besoin d'aide le mardi et tous les autres jours de la semaine, ça me nourrit de le faire cheminer. Quand on y pense, nos lèvres sont placées presque de la même manière dans les deux cas, sauf que, lorsque l'on prononce le *F*, il y a plus d'air qui sort de notre bouche. Lucas est mélangé quand la vache fâchée est en vacances forcées. Je dois alors mimer la vache, la dessiner, chanter ses exploits… et Lucas apprendra à lire. C'est aussi ce que j'essayais de faire avec toi. Mais il y a des enfants qui ont plus d'appétit que d'autres, qui ont plus de facilité à digérer le flot d'informations qui parviennent à eux. Tu m'as appris que la réussite est relative : ce qui semble facile pour certains s'avère être un exploit pour d'autres.

Il est quatorze heures. L'après-midi s'éternise. C'est le moment d'aller aux toilettes avant la récréation. Ils me regardent et font tout ce que je leur demande. Ils prennent le rang, un doigt sur la bouche qui fait *chut* et attendent que les plus tannants arrêtent de parler. Ils sont beaux, ils m'épatent dans les détails du quotidien : laver leurs mains en prenant soin de ne pas oublier les ongles et les poignets, zipper leur manteau, choisir adéquatement le bac de récupération pour leur contenant de yogourt, dire *s'il vous plaît* et *merci*. Tous ces gestes simples qu'ils exécutent spontanément… tous ces gestes me rappellent que toi aussi, tu progresses à ton rythme.

Elle sort de la chambre d'hôpital et marche dans le couloir sans but précis. Son fils souffre depuis maintenant dix jours dans cet endroit qu'elle déteste. Elle dépasse la maternité et voit les bébés prématurés derrière une vitre. Elle poursuit sa route et sent ses genoux sur le point de fléchir. Elle pousse une porte et la verrouille derrière elle. Elle se trouve dans une salle de bains, à l'abri des cris d'enfants malades, des aiguilles et des infirmières compatissantes. Puis elle ouvre le jet d'eau froide au maximum et s'asperge le visage et le cou, longtemps. Elle lève les yeux et se regarde dans le miroir. L'eau ruisselle sur son visage et à la lisière de ses cheveux, mouille le col de son chandail.

Elle se demande qui est cette femme sur le point de craquer.

Attablée dans un restaurant pour déjeuner, j'entends un jeune enfant dire à sa mère: *Je suis content de manger au dépanneur avec toi, maman.* Cette dernière le reprend en riant et je me surprends à rire aussi sans être troublée et sans penser, encore une fois, que la vie est injuste.

Il y a longtemps que je souhaite arriver à me nourrir du bonheur des autres. Tout ne se ramène pas nécessairement à nous, mon grand. Je commence à le réaliser.

Quatrième partie

Elle est prête. Elle porte son regard à l'intérieur d'elle-même pour se créer une bulle. Le bébé commence sa descente. Dans une ultime poussée, elle lâche un cri puissant. Un cri pour se donner du courage. C'est la libération.

Ouvrir le coffre arrière. Prendre ma valise. Appuyer sur *play*.

Bien sûr il y aura les murailles

Qui se dessinent à ton chemin

Le comptoir d'enregistrement. Les douanes. La porte d'embarquement.

Avec les murs et les failles

On s'en fera des maisons

Montréal. Le ciel et les nuages. Séville. Toi, dans mes pensées.

Je t'aime d'un amour qui n'existe pas encore

Il me faut l'inventer toujours

Je vole au-dessus de ce que nous avons été. Au-dessus de nos multiples demeures, de nos lits échevelés, de nos câlins dans le hamac multicolore, de nos hivers à s'ennuyer l'un de l'autre. Je regarde en bas, par le hublot, et je te vois te rouler dans l'herbe, te frapper les tempes, t'inonder la tête sous le jet d'eau du bain, te trémousser au son de J. J. Cale, te mordre les mains.

Je vole au-dessus de ce que nous avons été, dans l'espoir de retrouver un souffle. Celui qui vient se déposer près du nombril, qui ne reste plus en surface, qui apaise à l'expiration parce qu'il nous a remplis de vie et d'espoir.

La distance entre nous, Éli, m'a terriblement fait souffrir. Pourtant, aujourd'hui, je suis prête à ce que cinq mille huit cent quarante-cinq kilomètres nous séparent.

Je suis au centre d'un quartier où les couleurs des immeubles éclatent sous mes yeux comme les grains d'une pomme grenade dans la bouche. Le soleil se lève et me révèle des nuances qui m'étaient jusqu'alors inconnues. Toute cette lumière m'apaise et m'aide à trouver l'équilibre.

Toi, tu es probablement au centre du salon principal devant une télévision bruyante ou devant Manon, ta colocataire qui parle trop fort et se berce en permanence dans ce vieux fauteuil en cuir rose. Manon qui, à l'âge de quarante ans et des poussières, pleure encore en hurlant *Maman!* lors des moins bonnes journées. Peut-être aussi que Sylvain, avec sa légendaire bonne humeur et ses palettes en moins, te parle pour la millième fois de sa fascination pour les horloges et de ses stations radio préférées.

Séville m'accueille depuis une semaine et m'enlacera encore pendant un mois. Un cadeau que je me suis fait pour réaliser ce rêve de jeunesse: visiter l'Andalousie. C'est la première fois, depuis ta naissance, que je quitte pour plusieurs jours notre territoire.

Je suis assise sur le petit balcon de l'appartement que je loue. C'est le matin. Le silence qui honore le quartier est si dense que tu y serais sans doute confortable. Pas d'enfants qui crient, de camions poubelles dans la ruelle, de conducteurs pressés qui klaxonnent. Dans cette rue, chaque logis possède ce type de balcon en fer forgé qui, en plus d'apporter un peu d'ombre aux habitants lors des jours ensoleillés, fait office de lieu de vie et de rencontres. J'y vois des gens qui discutent, accrochent des jardinières fleuries, des plantes en pot ou leurs vêtements fraîchement lavés. Je ne comprends pas très bien cette langue qui sort de leur bouche comme des flammes et qui, pour une raison que j'ignore, me réchauffe. Je savoure mon *café con leche* et leurs accents toniques en épluchant des souvenirs.

Ce n'est pas la première fois que je pose les pieds en Espagne. J'avais vingt et un ans et une immensité de morceaux de casse-tête à assembler lors de ma première visite.

Toi, tu n'existais que dans le cosmos.

À l'époque, j'avais sauté dans le premier avion pour atterrir sur le sentier le plus fréquenté du chemin de Compostelle. Je me souviens d'y avoir marché rapidement, sans m'imprégner des paysages grandioses qui m'entouraient, trop concentrée sur mes douleurs physiques et mentales. À cette période, j'éprouvais un puissant désir de faire le ménage dans mes relations, creuses et vides. J'étais assoiffée, je voulais que l'on me remplisse, que l'on me fasse sentir importante et spéciale, que l'on me choisisse. Quelques mois auparavant, j'avais cru développer ce genre de relation avec un garçon rencontré à l'université. Après des semaines de discussions passionnantes, de regards tendres, de nuits chaudes et sensuelles, de mots doux lourds de sens, il m'avait avoué avoir une copine à l'extérieur de la région. Sans plus de manières, il m'avait laissée tomber. J'étais alors honteuse, triste et… enceinte. Oui, avant toi, la vie a déjà poussé dans mon ventre. J'ai encore ces images poignantes de l'Isabelle d'avant, qui se couche péniblement après de longues journées de marche, dans des gîtes sombres et poussiéreux, sur son petit tapis de sol. Elle fixe le plafond en glissant sa main sous son chandail et en caressant ce ventre vide, ce ventre qui aurait pu grossir, si on l'avait aimée pour de vrai. Je me souviens d'avoir alors souhaité que le karma n'existe pas. Ne jamais avoir à payer pour cette décision. Je me suis longtemps demandé, lors des jours plus difficiles, si tu étais la conséquence de ce choix antérieur et si tout le chemin escarpé parcouru avec toi me permettait, en quelque sorte, de me racheter.

Depuis ta naissance, des peurs ont surgi, se sont transformées, ont disparu quelques instants, puis sont revenues me hanter. Je n'ai pas de contrôle sur elles ; ce sont des visiteuses indésirables.

Comme toutes les mères, j'ai eu peur d'un bébé bleu à la naissance, peur que tu t'étouffes avec un morceau de pêche, peur de t'oublier à la garderie, peur que tu te fasses piquer par une guêpe. Mais ma peur ultime était de te perdre un jour.

Puis je t'ai perdu.

J'ai alors eu peur que l'on ne te donne pas à boire, peur des agressions sexuelles et psychologiques, peur que l'on soigne ta tristesse par des médicaments plutôt que par des câlins, peur de la bureaucratie, peur de ne plus faire partie de tes repères.

Lorsque je m'y arrête, toutes ces peurs sont encore bien là, comme de petites bombes prêtes à exploser dans mon ventre. Je m'applique à les désamorcer pour qu'elles ne prennent pas toute la place. Je vais te voir plusieurs fois par semaine. Je m'assure que tu ne manques de rien. Je me répète que je fais ce choix par amour. C'est avec mon cerveau que je les empêche d'éclater plutôt qu'avec mon cœur. Sinon, c'est un aller simple pour la folie. Je contrôle si peu de chose.

Ces jours-ci, j'ai peur de vieillir seule.

Ici, il y a autant de jardins qu'il y a de parcs pour enfants au Québec. Parfois attenants à un palais, ils font généralement partie du patrimoine historique. Ils sont grandioses et explosent de beauté et de complexité. Mon préféré est le Jardín de las Delicias. Le Jardin des Délices. Les effluves d'oranges et de citrons qui proviennent des nombreux arbres à agrumes, les fontaines et les sculptures au style rococo et les innombrables variétés de fleurs multicolores qui y poussent viennent me titiller le système sensoriel comme le fait le chant des oiseaux pour toi. La beauté me réconforte et m'apaise.

Lorsque j'étais enceinte de toi, j'ai tellement souhaité que tu sois beau. Pas en santé, intelligent, sportif, créatif… non. Dans toute l'innocence de ma jeune vingtaine, j'ai souhaité que tu sois beau. Et tu es né comme le soleil qui se lève, plus beau que ce que j'aurais pu imaginer, mon lionceau blond aux yeux bleus. Je sais que toutes les mères voient leur enfant comme s'il était la huitième merveille du monde, mais je pense que ta beauté est un fait et que cela t'a permis d'attirer davantage d'amour et de câlins de la part des gens qui s'occupent de toi. Une intervenante m'a déjà confié candidement qu'il était plus facile de s'attacher aux personnes handicapées lorsqu'elles étaient agréables à regarder.

Je me dis que, tout de même, j'aurais probablement dû multiplier mes vœux et souhaiter qu'au-delà de la beauté, tu sois libre. Libre dans ton corps, libre dans ta tête, libre d'aimer, de choisir et de prendre des décisions. Libre d'exercer un contrôle sur ta vie, de t'émanciper. Si c'était à refaire aujourd'hui, mes vœux seraient moins superficiels.

Tout récemment, nous avons célébré ton dix-septième anniversaire. J'ai encore de la difficulté à réaliser que tu es presque un homme, malgré les poils maintenant bien présents sur tes joues et sous ton nez. Tu dors désormais dans une chambre rénovée qui répond à tes besoins sensoriels, mais toujours dans le même bâtiment triste. Marie-Soleil, qui t'a appris entre autres à te balancer, à profiter avec tes camarades d'un feu en fin de soirée, à peindre en résistant à l'envie de goûter la peinture, à t'essuyer la bouche seul et à remplir ton verre d'eau, t'accompagne encore, telle une grande sœur qui prend soin de son petit frère. Marie-Soleil, par sa présence et son affection sincère, rend cette traumatisante expérience plus douce. Du haut de sa jeune vingtaine et de toute son humanité, elle m'aura permis, mois après mois, d'apprivoiser les jours qui passent sans toi, sans me brusquer. Et puis, même si le réaliser m'écorche, je vois bien que la personne qui souffre le plus de la situation, c'est moi. Je sais maintenant que tu es confortable dans ton milieu, malgré les crises de tes colocataires et les tiennes, malgré les murs beiges et les repas fades qui manquent d'épices. De plus en plus, je te vois rire et aller vers les autres. Je te vois prendre des initiatives et faire des choix, comme celui de t'isoler dans ta chambre ou de rester au salon lorsque vous choisissez pour la centième fois de regarder le DVD de Ginette Reno. Tu n'enracines plus ton bonheur dans le même jardin que le mien. Et bien que cela m'apaise de te voir prendre soin de tes propres semences, j'espère que tu me laisseras encore être cet arbre fort et rassurant sous lequel te déposer, que tu me permettras toujours d'oxygéner ton territoire.

J'ai souvent l'impression que tu m'as quitté hier, alors que ça fait maintenant quatre ans que nous vivons à distance. Il y a un trou dans l'espace-temps. Mes souvenirs des dernières années m'échappent déjà. Je sais aujourd'hui que ton départ était inévitable. Ça laisse place à une certaine lumière, même si une part de moi pense encore qu'il s'agit d'un mauvais rêve.

Elle entre dans la petite pièce sombre au fond du couloir, celle destinée à recevoir des parents pour leur annoncer une mauvaise nouvelle.

Ils sont tous là, les professionnels de la santé qu'elle côtoie depuis la naissance de son fils, et l'attendent dans un silence macabre. Il a perdu beaucoup de poids, de cheveux et de sang. Elle est exténuée. Elle sait déjà ce qu'ils vont lui annoncer.

Elle s'assoit dans un silence opaque. Le temps tourne à l'infini, sans début ni fin, comme une horloge vierge d'aiguilles et de chiffres.

– Il quittera l'hôpital demain matin pour un centre spécialisé, à environ une heure trente d'ici. Ils sauront le soigner mieux que nous tous.

Tous les cris qu'elle voudrait lancer l'étranglent et l'empêchent de bouger.

Elle voudrait mourir.

Tu n'es jamais revenu vivre à la maison, sauf pour de courts séjours de deux semaines, quelques fois par année. Je n'oublierai jamais la première fois où tu as remis les pieds chez nous. Un an d'absence à guérir nos blessures s'était écoulé. Après un traditionnel trajet éprouvant où tu as évacué ton anxiété en te blessant, tu as d'abord refusé d'entrer dans la maison et, immobile sur le balcon, tu as pleuré. De grands sanglots mouillés sans cris et sans agression que j'ai partagés avec toi. De la vraie peine, peut-être mêlée à la surprise de te retrouver chez toi à nouveau. Ensuite, tu as passé la porte et tu t'es assis par terre, dans chaque pièce de la maison, et as reproduit tous les gestes quasi automatiques que tu faisais avant ton départ : ouvrir les portes d'armoire à la recherche de craquelins, te coucher sur le dos et lever tes jambes vers le plafond, tourner sur toi-même plusieurs fois. Comme si ces mouvements répétitifs te permettaient de t'assurer qu'il s'agissait bien de notre refuge.

Ces séjours où je t'accueille désormais pendant les vacances d'été, de Noël ou lors de la relâche scolaire sont à l'image de nos vies : remplis d'amour, de gestes tendres mais, aussi, de peur, de crises et d'anxiété.

Tu es meilleur qu'avant pour accomplir plein de petites choses, comme rester calme lorsque le générique d'un film que tu aimes apparaît à la fin, attendre sans me griffer lorsque je zippe ton manteau, tolérer le bruit des assiettes qui s'entrechoquent lorsque je vide le lave-vaisselle. Je vois tes progrès et je suis tellement fière de toi. Par contre, tu es plus fort et mon emprise sur toi est moindre. Les coups que tu te donnes sur la tête sont plus puissants, les refus plus assumés, les soins d'hygiène plus complexes. Le ton de ma voix qui se lève ne t'impressionne plus. Il est donc plus prudent qu'il y ait une date d'expiration à nos moments mère-fils.

Lorsque tu quittes de nouveau la maison pour retourner chez toi, je souffre comme au premier jour de notre tempête avec, au fond du ventre, ce cuisant sentiment de t'abandonner. Alors qu'il y a quatre ans, tout mon être souhaitait ton retour à la maison, je dois t'avouer qu'aujourd'hui cette seule pensée me donne le vertige et m'effraie. Je n'y arriverais plus, Éli. Je suis constamment dans cette dichotomie, entre la souffrance de te savoir loin de moi et cette grande fatigue accumulée qui m'indique que tu ne pourrais pas être plus proche. Tu vois, à travers les épreuves vécues depuis ta naissance, je me suis usée. Les gestes simples du quotidien m'épuisent et me semblent parfois être des défis insurmontables. Cela fait près de quatre ans que je cherche toutes les occasions possibles pour dormir et pour manger. Je n'ai jamais eu autant d'appétit ; les pantalons que je portais depuis la vingtaine et qui ne montent maintenant pas plus haut qu'à mi-cuisse témoignent de mes récentes rages de sucre, de mes envies soudaines de pâtes carbonara extra-bacon. J'ai l'impression d'être cette personne en rémission d'une maladie grave qui reprend tranquillement des forces.

Ce jour-là.

Elle s'approche, lui parle doucement, essaie de le convaincre d'un changement de couches. Il la repousse, s'étend sur le dos et la frappe avec ses pieds. Elle élève le ton pour s'adresser à lui, ses gestes deviennent brusques. Elle baisse le pantalon de pyjama de son fils et le retourne sur le côté en maintenant ses genoux ensemble pour l'empêcher de la frapper.

Il frotte son avant-bras sur ses cheveux de plus en plus fort et elle voit du sang qui coule le long de ses poignets et sur son chandail. Il mord ses bras et tire sur sa peau avec ses dents. Elle se dit que, s'ils ne font rien pour lui, il pourrait mourir, aujourd'hui.

Elle appelle l'ambulance.

Deux policiers entrent chez elle.

Elle est convaincue à cet instant que plus jamais cette image de son unique et précieux fils, plaqué au sol par un policier, ne la quittera. Elle se couche à côté de lui, sa joue sur le sol froid. Elle essaie d'accrocher son regard, n'y arrive pas.

– Calme-toi, mon amour. Tu dois te calmer. Je t'aime.

Elle le voit quitter la maison, saucissonné dans sa robe de chambre, entre les mains de son père et de deux policiers. Ils lui demandent de les suivre en voiture.

Elle prend un numéro et entend au même moment que l'on appelle le quarante-cinq. Il est inscrit quarante-sept sur son ticket.

Le garçon est seul dans une pièce fermée qu'elle imagine étroite et sans fenêtre. Elle entend ses pleurs et ses cris. Elle veut ouvrir la porte, mais ses mains moites glissent sur la poignée.

Son enfant la fait penser à un chiot terrifié, prêt à mordre pour sauver sa peau. Elle tente un rapprochement. Il crie et recommence à se faire mal.

– Tu me fais peur. Je t'aime.

Elle le regarde par la petite fenêtre de la porte et voit du sang, tellement de sang.

Elle entend les mots *calmant*, *psychose toxique*, *adolescence*, *ponction lombaire*.

Il faut lui insérer une aiguille dans le dos et prélever un liquide.

– C'est impossible ! la mère s'entend-elle crier.

– Il faut le maintenir. Ou lui donner plus de calmants. Ou l'attacher à son lit.

Des sangles partout. Des bouts de tissu rigides dans son dos et son cou qui lui serpentent les membres et qui le maintiennent en croix, sur le ventre, dans son lit. La mère s'approche doucement de sa tête, lui murmure un autre *je t'aime* rempli de désolation, de peur et de souffrance. Elle lui caresse les cheveux et lui dit que ce sera rapide.

Une fois libéré de ses liens, l'enfant semble plus calme. Il pleure, agité de soubresauts, recroquevillé dans son lit.

Je déambule dans le quartier d'Alameda, endroit festif prisé des étudiants sévillanais qui s'y rejoignent pour repenser le monde au coin des rues colorées et dans les cafés bruyants. En chemin, je croise une mère et son jeune garçon qui hurle alors qu'elle lui essuie vigoureusement le visage avec des lingettes. Elle me fait penser à moi, lorsque la patience me quitte et que je dois prendre soin d'un autre corps que le mien. Crois-tu que toutes les mères sont un peu malades d'amour et qu'elles causent malgré elles de grands traumatismes à leur progéniture ? Laissent-elles des marques profondes et des cicatrices malgré les caresses, les bisous et la tendresse constamment renouvelée ? Sont-elles toutes à l'origine des consultations chez mon psychologue Jean-Louis ? Je pense parfois que notre fusion et l'amour immense que je te porte nous ont maintenus dans ce moment précis où on t'a déposé sur ma poitrine, à peine sorti de mon corps. Comme si nous avions rendu éternel ce moment où nous ne faisions encore qu'un, juste avant qu'on coupe le cordon ombilical. As-tu senti que j'étais ce genre de mère dont il est préférable de s'éloigner pour respirer librement ? As-tu su avant moi que j'allais mourir si nous restions ainsi soudés ensemble pour encore plusieurs années ?

Je détache mon regard de cette femme et m'arrête ensuite dans le bar-librairie que je préfère : le Viajero Sedentario. Je m'y arrête presque tous les jours pour son vin rouge juste assez corsé et son gâteau au chocolat, caramel et fleur de sel. Je m'amuse à feuilleter les bouquins sans comprendre ces mots que je fais quand même rouler dans ma bouche. J'y vais aussi pour me perdre dans le regard du serveur, Francisco, un beau brun ténébreux beaucoup trop jeune pour la quarantenaire que je suis. Le genre d'homme qui me fait douter du choix de la robe légère que je porte tant j'ai chaud, lorsqu'il me regarde dans les yeux en me demandant *Qué quieres mi cielo ?* Un de ces hommes qui ne se trouvent probablement pas sur Tinder mais avec qui je visiterais bien le paradis, comme Francisco le dit si bien.

Tu sais, depuis ton départ et celui d'Audrey, je n'ai pas voulu m'engager sérieusement auprès de quelqu'un. J'ai d'abord besoin de me réapproprier mon corps et mon esprit. J'ai envie d'apprendre à me connaître, à faire des choix pour moi seule, sans concession ou accommodement. Je ne me sens pas prête à partager, jour après jour, ce que je suis devenue depuis le début de notre tempête, ni à essayer de plaire, de répondre aux attentes et aux besoins d'une autre personne. J'ai longtemps cru que c'était toi qui m'empêchais de m'investir pleinement dans mes relations, que tu me rendais indisponible et indésirable par l'intensité de ta présence dans ma vie. Pourtant, tu n'es plus là de façon régulière aujourd'hui et je n'y arrive toujours pas. Peut-être que je devrais profiter de cette accalmie pour m'ancrer quelque part et désherber mon île, comme me l'avait conseillé Audrey dans sa lettre de rupture. Pour l'instant, Francisco, par son exotisme et sa fugacité, comble mes besoins élémentaires de doux tourments.

Je quitte la librairie et me dirige d'un pas lent vers mon refuge, ma demeure pour quelques semaines, que j'ai décorée de photos de nous et de cartes postales de l'Andalousie sur lesquelles apparaissent des monuments colorés et des jardins époustouflants. Cet appartement me réconforte et me fait rêver d'une vie nouvelle. Je m'y sens comme à la maison. Sur le mur de l'immeuble se trouve ce graffiti qui résonne en moi comme une prière : *No sueltes la soga que me ata a tu alma.*

Dans les rues du quartier, une brise chaude vient me chatouiller le visage et des odeurs de croissants frais et de *tortilla de patatas* m'emplissent les narines et activent mes glandes salivaires. L'appétit de tout est revenu, Éli. Celui de goûter les aliments, de croquer à pleines dents, de boire en fermant les yeux tellement c'est bon. Celui de prendre du temps pour moi, de choisir une activité qui me plaît, même de repeindre le fameux mur noir du salon. En bleu marine, tiens, pourquoi pas. Je réalise que, depuis longtemps, je n'étais plus capable d'inventer quoi que ce soit pour pimenter notre quotidien, que je nous maintenais volontairement dans un long fleuve prévisible. Par peur, par insécurité, par épuisement. Ça fait dix-sept ans que je cherche à atteindre ce sentiment d'insouciance brièvement exploré avant ta naissance, celui qui permet de s'abandonner dans une confiance absolue, de ressentir une profonde plénitude.

Toutes ces années, j'ai pensé qu'en travaillant l'étanchéité de la faille qui me transperce le cœur, je goûterais à nouveau au bonheur véritable. Mais, malgré nos petites et grandes joies, nos regards du même bleu, nos câlins avant d'aller dormir et toute cette vie partagée, je n'y arrivais pas. Je comprends aujourd'hui que c'est dans ton absence que j'arrive à me retrouver, à reprendre des forces pour t'accompagner jour après jour jusqu'à ce que l'un de nous disparaisse. C'est ma seule certitude. Pour prendre soin de nous, je dois accepter la distance, mais je ne lâche pas la corde qui me relie à ton âme.

Épilogue

Tu ne liras jamais ces mots qui te sont destinés. Tu ne les liras pas, mais je te les écris quand même. Pour m'affranchir, me libérer de ce que nous avons été, nous donner un second souffle.

Il y a dix-sept ans, je suis née en même temps que toi.

Maintenant, je m'éloigne pour mieux revenir. Je voudrais que tu m'aides à éteindre la colère, la culpabilité, la tristesse. Que cette délivrance soit pour toi une nouvelle heureuse. Je voudrais que tu mettes ta main sur mon épaule pour m'accompagner. Que tu me berces de ton regard unique pour m'encourager à faire le pas qui manque. Je voudrais que, lorsque je me découragerai, que la souffrance sera trop grande, tu me dises que tout ira bien, que je suis bonne, que je fais bien ça. Prends ma main, Éli.

Tu es ma création la plus grandiose. La plus complexe, aussi. Te mettre au monde aura gravé en moi des sillons dans lesquels coulent des rivières aux multiples reflets. Des eaux de toutes sortes, ruisselées sur mes joues, explosées entre mes cuisses, évaporées depuis ton absence. Des eaux qui transportent en elles des cargaisons de tendresse, d'inquiétude, d'admiration, de colère, de douceur. Des centaines de rivières qui se rejoignent dans un torrent rapide et brutal d'amour qui t'est destiné.

La musique qu'écoute Isabelle

Dis, quand reviendras-tu ?, Barbara
Sad But True, Metallica
Like The Way I Do, Melissa Etheridge
Ensemble parmi les autres, Vincent Vallières
La lumineuse, Ingrid St-Pierre

Remerciements

À Eliott, pour tout malgré tout. À ma famille, mes parents, qui m'accueillent peu importe l'état dans lequel je me trouve. À Joël, pour le nouveau chapitre que nous écrivons ensemble. À Caroline, Sonia et Isabelle, mes précieuses, que j'aime comme des sœurs. Aux ami.e.s. À Sollene et Sébastien, pour l'amour au-delà du chèque de paye. À l'équipe de l'unité Gagnon. À France, Mario et Claude, qui partagent leurs refuges inspirants. À ceux et celles qui ont essayé pour de vrai. À Marie Noëlle, généreuse amie, qui a cru en moi avant même de me connaître. À Rosalie, pour son œil avisé et ses précieux conseils.

À toutes les mères que la vie chahute, à celles qui se sentent seules, à celles qui se relèvent par amour.

Table

Première partie 11
Deuxième partie 63
Troisième partie 105
Quatrième partie 145
Épilogue 167

La musique qu'écoute Isabelle 171
Remerciements 173

Mise en pages :
Anne Offredo, Valravillon

Cet ouvrage a été achevé d'imprimer
en janvier 2025 dans les ateliers de
Normandie Roto Impressions s.a.s.
61250 Lonrai (Orne)

N° d'imprimeur : 2405024
Dépôt légal : février 2025
ISBN : 978-2-38482-214-0
Imprimé en France